二十世纪人文译丛

Horace and His Influence

贺拉斯及其影响

〔美〕格兰特·肖沃曼　著

陈　红　郑昭梅　译

商务印书馆
The Commercial Press

GRANT SHOWERMAN

HORACE AND HIS INFLUENCE

本书根据伦敦乔治·G. 哈拉普出版社1922年版译出。

"二十世纪人文译丛"
编辑委员会

* 陈　恒（上海师范大学）
  陈　淳（复旦大学）
  陈　新（上海师范大学）
  陈众议（中国社会科学院）
  董少新（复旦大学）
  洪庆明（上海师范大学）
  黄艳红（上海师范大学）
  刘津瑜（美国德堡大学）
  　　　（上海师范大学）
  刘文明（首都师范大学）
  刘耀春（四川大学）
  刘永华（厦门大学）
  陆　扬（北京大学）
  孟钟捷（华东师范大学）
  彭　刚（清华大学）
  渠敬东（北京大学）
  宋立宏（南京大学）
  孙向晨（复旦大学）
  杨明天（上海外国语大学）
  岳秀坤（首都师范大学）
  张广翔（吉林大学）

* 执行主编

作者简介

格兰特·肖沃曼（Grant Showerman），美国威斯康星大学的古典学教授，致力于拉丁文和意大利文学领域，获得过意大利政府颁发的"意大利王冠骑士"荣誉称号。代表作有《永恒的罗马》《古罗马纪念碑与人》等。

译者简介

陈红，上海师范大学人文学院比较文学与世界文学国家重点学科教授、博导，主要从事英国诗歌研究。主持两项国家社科基金项目，出版《田园诗》《特德·休斯诗歌研究》等三部中英文专著，主编《英语环境文学选读》等三部教材，主持翻译美国艺术与科学院院士文学理论与批评丛书《撒旦之死：美国人如何丧失了罪恶感》。在《外国文学评论》、《外国文学研究》、ISLE、Concentric 等国内外重要学术期刊上发表论文二十余篇，包括 "Hughes and Animals"（The Cambridge Companion to Ted Hughes）。

郑昭梅，湖北经济学院外国语学院副教授，主要从事英国诗歌研究。主持完成省级人文社科项目一项，参与国家社科基金项目一项，主编《美国文学教材》等，参与翻译美国艺术与科学院院士文学理论与批评丛书《撒旦之死：美国人如何丧失了罪恶感》，发表论文十余篇，近期代表成果有《华兹华斯诗歌的如画风景审美模式与生态伦理缺失》《英国激进派风景诗中的风景与反风景》等。

总 序

"人文"是人类普遍的自我关怀,表现为对教化、德行、情操的关切,对人的尊严、价值、命运的维护,对理想人格的塑造,对崇高境界的追慕。人文关注人类自身的精神层面,审视自我,认识自我。人之所以是万物之灵,就在于其有人文,有自己特有的智慧风貌。

"时代"孕育"人文","人文"引领"时代"。

古希腊的德尔斐神谕"认识你自己"揭示了人文的核心内涵。一部浩瀚无穷的人类发展史,就是一部人类不断"认识自己"的人文史。不同的时代散发着不同的人文气息。古代以降,人文在同自然与神道的相生相克中,留下了不同的历史发展印痕,并把高蹈而超迈的一面引向二十世纪。

二十世纪是科技昌明的时代,科技是"立世之基",而人文为"处世之本",两者互动互补,相协相生,共同推动着人类文明的发展。科技在实证的基础上,通过计算、测量来研究整个自然界。它揭示一切现象与过程的实质及规律,为人类利用和改造自然(包括人的自然生命)提供工具理性。人文则立足于"人"的视角,思考人无法被工具理性所规范的生命体验和精神超越。它引导人在面对无孔不入的科技时审视内心,保持自身的主体地位,防止科技被滥用,确保精神世界不被侵蚀与物化。

贺拉斯及其影响

回首二十世纪,战争与革命、和平与发展这两对时代主题深刻地影响了人文领域的发展。两次工业革命所积累的矛盾以两次世界大战的惨烈方式得以缓解。空前的灾难促使西方学者严肃而痛苦地反思工业文明。受第三次科技革命的刺激,科学技术飞速发展,科技与人文之互相渗透也走向了全新的高度,伴随着高速和高效发展而来的,既有欣喜和振奋,也有担忧和悲伤;而这种审视也考问着所有人的心灵,日益尖锐的全球性问题成了人文研究领域的共同课题。在此大背景下,西方学界在人文领域取得了举世瞩目的成就,并以其特有的方式影响和干预了这一时代,进而为新世纪的到来奠定了极具启发性、开创性的契机。

为使读者系统、方便地感受和探究其中的杰出成果,我们精心遴选汇编了这套"二十世纪人文译丛"。如同西方学术界因工业革命、政治革命、帝国主义所带来的巨大影响而提出的"漫长的十八世纪""漫长的十九世纪"等概念,此处所说的"二十世纪"也是一个"漫长的二十世纪",包含了从十九世纪晚期到二十一世纪早期的漫长岁月。希望以这套丛书为契机,通过借鉴"漫长的二十世纪"的优秀人文学科著作,帮助读者更深刻地理解"人文"本身,并为当今的中国社会注入更多人文气息、滋养更多人文关怀、传扬更多"仁以为己任"的人文精神。

本丛书拟涵盖人文各学科、各领域的理论探讨与实证研究,既注重学术性与专业性,又强调普适性和可读性,意在尽可能多地展现人文领域的多彩魅力。我们的理想是把现代知识人的专业知识和社会责任感紧密结合,不仅为高校师生、社会大众提供深入了解人文的通道，也为人文交流提供重要平台，成为传承人文精神的工具，从而为推动建设一个高度文明与和谐的社会贡献自己的一份力量。因此，我们殷切希望有志于此项事业的学界同行参与其中，同时也希望读者们不吝指正，让我们携手共同努力把这套丛书做好。

"二十世纪人文译丛"编委会
2015年6月26日于光启编译馆

谨以此书献给

霍华德·莱斯利·史密斯

一位文学爱好者

萨比纳山

当萨比纳山上的积雪渐渐消融,
他的河水依旧汹涌奔腾;
他的山谷在四月间
总会开满报春和水仙;
夏日则随着玫瑰一同枯萎。

月圆月缺之间的轮回:
生,劳,乐,亡;生命穿行
在收获季的炎热或冬日的寒冷之中,
在萨比纳山上生生不息。

可是无人能唤醒他悠长的沉睡,
西风也不会向他吹送;
春天的第一只燕子叽喳不已,
却没有他在此为之雀跃;
有一种魅力不再被萨比纳山
轮回的四季所领略。

——约翰·米森·惠彻

目　录

编者序　　　　　　　　　　　　　　　　　　　　　　　　　　　1
导言：小众精英的活力　　　　　　　　　　　　　　　　　　　　3

第一章　解读贺拉斯：贺拉斯的魅力　　　　　　　　　　　　　7
　　一　贺拉斯其人　　　　　　　　　　　　　　　　　　　　　11
　　二　诗人贺拉斯　　　　　　　　　　　　　　　　　　　　　14
　　三　时代解读者：贺拉斯的双重性　　　　　　　　　　　　　26
　　四　生活哲学家：观察家兼散文家贺拉斯　　　　　　　　　　41

第二章　穿越时光的贺拉斯　　　　　　　　　　　　　　　　67
　　引　言　　　　　　　　　　　　　　　　　　　　　　　　　69
　　一　预言家贺拉斯　　　　　　　　　　　　　　　　　　　　70
　　二　贺拉斯与古罗马　　　　　　　　　　　　　　　　　　　74

三　贺拉斯与中世纪　　　　　　　　　*84*
　　四　贺拉斯与现代：贺拉斯再生　　　*98*

第三章　活力贺拉斯：文化精英　　　*119*
　　一　贺拉斯与文学理想　　　　　　　*124*
　　二　贺拉斯与文学创作　　　　　　　*128*
　　三　活在人们生活中的贺拉斯　　　　*146*

结　语　　　　　　　　　　　　　　　　*163*
注释及参考文献　　　　　　　　　　　　*165*

编者序

肖沃曼博士撰写的《贺拉斯及其影响》是这套"希腊罗马的福泽"丛书里第二本出版的著作。

肖沃曼博士揭示出贺拉斯的精神品质及其影响久远的原因,他的这种讲述故事的方式在我们看来是极其有效的。贺拉斯的精神品质取决于这位古代诗人的个人品格和著述,子孙后辈们正是在对其人其作的万般敬仰之中生发出不断奋进的意愿和决心。

本丛书的著作都是为了展示希腊罗马文明进程中曾经产生过的不凡力量对后世生活及思想的影响,展示其如何与我们今天的生活密切交织。我们将因此更加清楚地了解过去,理解现在,更加看清我们生活的方向和价值之所在。我们认为,这对于整体的生活而言极为重要,可以帮助我们掌握正确的思维方式,乃至获得真正的理想主义。

贺拉斯在他为自己设定的边界里拥有至高无上的地位，这一点绝非偶然，他那奇迹般的成就也会一如既往地激励我们中的一些人。但是我们想要接近的贺拉斯不是少数人心目中遥不可及的完美人物，而是活在所有人心中的一个伟大力量。但愿我们的这本小书能促成这个力量的传递。

我们可以通过理解贺拉斯在过去的意义，进一步明白他在20世纪的重要性。我们会发现，无论他在伦理学还是艺术领域提出的真知灼见，依然给今天的我们带来思想上的极大挑战，依然警醒并召唤着我们。

导言：小众精英的活力

对于那些试图在文明进程之中抓住其意义的人而言，文明常常显得如此复杂，让人无从把握。这其中无数的动机与行动、原因与结果盘根错节，交织成一个从近处很难看出其形态的神秘网络，而面对一整张如此混乱且毫无意义的巨网，我们的头脑开始怀疑天意的存在，怀疑我们是否有必要从中抽出任何一根线索，也怀疑这根线索的重要性。

但其实文明在整体上是一个简单易懂的现象，尤其当我们把目光集中于由欧洲和美洲构成主体且影响波及遥远之地的那部分地区的人群，这一论断显然成立。如果在我们看来这一说法并不适用于西方文明之外的世界，那是因为我们尚不具有对其形成判断的能力。

我们都是人类不同群体中的成员，共同组成一个持续且基本稳定的整体。所有进入文明阶段的人类社会都存在一些基本特征，比如用理性来维系人与人之间关系的知性本能，比如我们称之为宗教的、与未知正确相处的积极心态，比如我们冠之以艺术之名的美化生活的努力，比如财产的制度及婚姻的制度，比如对于妇女贞洁的要求，比如构成所谓道德的对于某些体面行为及遵从性行为的要求，比如构成商业行为的物质便利性的交换以及在此过程中必不可少的对于双方应尽义务的尊重。总而言之，有一些普遍的永恒的准则为人类社会所共有。

如果说文明的构成是明确的，那么相比之下它的物理边界甚至更加清晰可辨。文明关乎中心。世界并不大，只有少数人在承担着管理它的重任。大都市标志着一个国家的文明得以行善或作恶的能力，其文化反映在城市和乡村的寻常生活之中。

因此，文明的历史就是那些著名的人群聚集地的历史。人类在西方发展进步的故事就是孟斐斯、底比斯、巴比伦、尼尼微、克诺索斯、雅典、亚历山大、罗马以及许许多多中世纪、文艺复兴和现代都市的故事。历史是一条绵延的河流，它出现在古代埃及和美索不达米亚的时候受困于有限的狭窄河岸，在流经希腊的土地时积聚了体量和速度，最终涌入宽

导言：小众精英的活力

阔深厚的罗马平原，随后分流，沿不同渠道流向其他的富饶平原，或许之后又会在新世界的某个主要的河流交汇处彼此重逢。一个在急流冲突的漩涡中漂浮不定的人很难判断水流的来龙去脉，但如果逆流而上，探索文学和艺术，道德、政治和宗教，以及商业和技术的起源，这段旅程总体上并不算艰难。

最后一点，文明不仅关乎聚居地，还关乎个人。正如伟大的城市在受制于环境的同时也在塑造着环境一样，伟大的人物既是其民族文化的产物也是其缔造者。人类喜群居，爱盲从，普遍缺少个性和探险精神。人类社会的进步需要富有激情和才华的人加以引领，而非依靠行动迟缓的群众，需要思想而非力量，需要精神而非物质。

我以这些想法作为这本书的导言，因为我知道有些读者可能一开始就会排斥我对于贺拉斯在我们文化的历史上的重要性以及在当今现实生活中的意义所做的毫无夸大的言论。只有当我们了解到历史的延续性，理解了文明所具有的本质上的简单和稳定，我们才能看到那条将过去与现在直接相连的关键线索，我们也才不至于在看到雅典卫城对建筑业的影响甚过世界上任何一组建筑物的相关历史记载时感到惊讶，也不会怀疑西塞罗的拉丁文产生散文史上最有力的影响,或者怀疑正是因为一位已去世一千九百三十年的罗马诗人的存在,我们的诗歌语言才变得更加精致,许多人才变得更加理智也更加快乐。

第一章

解读贺拉斯:贺拉斯的魅力

我们在评估贺拉斯对其时代以及后世的影响时，必须考虑其作品的两个方面，即他表达自我的形式以及形式外衣包裹下的内容。贺拉斯在这两个方面都可谓独树一帜，而他在内容方面表现出的特质更是使得他鹤立于古今诗人之中。

这种特质并不在于贺拉斯所言有多么独到或新奇。事实上，贺拉斯传递的思想都是我们熟知的，甚至是稀松平常的，不寻常的是他交流思想的态度和语气。他的思想是鲜活的，充满生气的。

之所以如此，最主要的原因是贺拉斯的作品让我们看到了一个活生生的人。从来没有一位诗人用如此直率的文字与我们交谈，没有一位诗人能够如此轻易地与读者达成毫无保留的私交，也没有一位诗人能够像他那样被人们当作挚友来怀念。从这个意义上讲，贺拉斯在诗人中的地位相当于小说家中的萨克雷。如果说西塞罗的书信让我们走近共和国晚期的政治阴谋和战争动乱，走近个人和社会生活中的欢喜悲愁，贺拉斯的诗句和"对话"则让我们感受到帝国早期的哲学思想所营造的氛围。两者好似明灯，让我们看清昏暗的内部空间。他们是各自时代的无可替代的解读者。在现代，我们依靠环境来理解诗人。我们对于丁尼生、弥尔顿乃至莎士比亚的理解有赖于我们对于其所处世界的了解；而在古代，这是一个相反的过程。我们有幸结识了两位最具代表性的文学天才，因而得以重构恺撒（Caesar）和奥古斯都（Augustus）的时代。

5　　正是由于贺拉斯的魅力在很大程度上取决于他作为一个人的特质，我们对于他的解读必须围绕其个人特点展开。我们将在想象力的引导下重新勾勒出他的外貌特征，将对那些促成其诗才勃发，使其成长为跨越世代的时代解读者的个人特征给出解释；我们会观察到他与生俱来的对他人的同情心和对事物的理解力，他对于城乡生活的忠实描画正得益于此；我们会渐渐熟悉他的思想和情绪，熟悉这样一个在个人交往中保持适度的敏感性，并对其所见所闻做出敏捷反应的心智超常之人；我们会聆听诗人的自我评价，不仅作为人类大家庭的一员，而且作为笔耕之人。

我们最好是通过贺拉斯自己的作品，且最好是利用他自己的语言表述，来解读作为诗人的他。本书以下部分基本是以诗人自己曾经说过或暗示过的内容为核心拼贴而成。

一　贺拉斯其人

贺拉斯在身材并不高大的拉丁民族中也只能算小个。随着年岁的增长，他进入最为我们这些后人称道的阶段，日渐成熟和善良，只是黑发已变花白。他的肤色生来偏黑，脸上的皮肤很可能比较粗糙，额头宽阔，整个脸庞在城市和乡村的和风吹拂下，呈现出意大利人标准的健康古铜色。

他的面部轮廓和眼神反映出他易怒却颇为温厚的性情。总之，贺拉斯是个身材粗短之人，爱笑的同时也不乏严肃，无论外表还是举止均无过人之处，神情与普通公民无异。总之，在所有不曾留下画像的古代人物当中，他是最容易接触的一个人。

我们看到他与奥古斯都大帝的那位衣着考究的谋臣梅塞纳斯（Maecenas）一同乘坐马车或观看演出。我们看到他在某个玫瑰飘香的意大利花园里，与朋友们一起在草地上享受着高大的松树和白杨投下的惬意的浓荫，身旁有欢闹的喷泉和奔腾的溪流。他低着头，沿着通往罗马广场的神圣大道漫步；或是在城市的喧哗声中，迎着朝市中心大量汇集的人流，走向回家的路。地中海以南吹来的热风让他感到些许疲倦和烦躁，他无可奈何地耸了耸肩；而阿尔卑斯山脉吹来的寒风又会使他蜷缩在海边的某个村庄，一边看书一边翘首盼望第一只报春的燕子飞临。

我们看见他在战神广场宽阔的场地上玩一种类似网球的温和游戏。我们看见他在夜幕降临之后，会跟罗马普通民众一起四处逡巡，跟售卖小商品的小贩们闲聊。他会跑去跟一帮饮酒狂欢的朋友打个招呼，不无责备地开个玩笑。我们会看到，无论在战时还是和平时期，他永远都是罗马城达官贵人家中的座上宾，他总是以一副拒人以千里之外的礼貌和优雅让那些智商并不高的女士倍感困惑，甚至恼怒。他显然更享受坐在自家花园茂密的葡萄藤蔓下的那份自在。他会在全家人忙着给一位朋友准备生日宴会的时候出现在家人面前，也会在一个不太正式的场合，以更加不带掩饰的喜悦之情，欢迎与他在腓力比战役中并肩作战的亲密战友，与他们彻夜畅谈，

第一章 解读贺拉斯：贺拉斯的魅力

直到太阳神敞开红色东方
把瑟瑟发抖的星辰一扫而光。

有时我们也会看到他骑着一匹神情漠然的老马，沿着两旁满是墓地的阿庇安大道一溜小跑，奔向二十英里以外的阿尔班山那高耸的绿荫浓密的山巅；又或者爬上蜿蜒通向蒂沃丽城的白色道路，直至这座位于萨比纳山一侧的城市，然后翻过山坡，沿着湍急的阿涅内河的河岸继续骑行，眼见源自群山深处的河水在此急速投入台伯河的怀抱。我们看见他最终回到了梅塞纳斯赠予他的位于萨比纳的农场，只见他身着无袖短袍伫立在屋门前的朝阳中，眺望着对面的山谷和山坡，还有谷底清冷的山涧，面露沉思，心怀感恩。我们看见他漫步在他那小小领地里的一片林间高地，走进一个已现破败的乡村庙宇，寻到一处阴凉，坐下来给一位朋友写信，告诉他此刻唯一的遗憾就是缺少这位朋友的陪伴。他时常和附近村民一起庆贺节日，分享他们的快乐。他还常在农舍中宽大的客厅里，与邻居们围坐在壁炉前闲聊，把朴素哲学和他编造的故事一起作为谈资。

贺拉斯并不属于那类外貌和性格都无甚特征的老古董。

假如让他换下草带鞋和宽松的托加袍,穿上现代人的鞋子,再来一件意大利斗篷和一根拐杖,他完全就跟今日意大利街头的行人一样。他的性格和举止也跟他的外貌一样颇为现代。他的气质中有一些奇怪的、看似矛盾的组合,既严肃又快乐,既活泼又苛刻,既沉稳又善变,既清苦又平凡,既高贵庄重又漫不经心,这种多重性格和矛盾行为同样出现在今日的意大利人身上,总是令旁观者倍感困惑。

二　诗人贺拉斯

要想理解贺拉斯何以兼具个人魅力和杰出诗才,我们必须透过他的略显平常的外表,看清其内在的精神世界。

文学以生活为基础。伟大诗歌的产生有两个必要条件:首先是一个充溢着深厚情感的激情燃烧的时代,其次是一个为这个时代所拥有的天才人物,我们称其为被神感召之人。他必须拥有超级敏感的神经纤维,能够感知其民族激情吹起的每一丝微风,并随之震颤;他还必须拥有极大的精神容量,能够充分吸收其时代普通民众的思想和情绪;他还必须拥有极其细致的观察力以及对词语和节奏的把控力,能够把灵魂

第一章　解读贺拉斯：贺拉斯的魅力

的创造物用绝妙的语言尽情表述。

贺拉斯的时代产生了大量激荡人心和孕育思想的事件，历史上少有其他时代能与之匹敌。无休无止的动荡给贺拉斯生活的那个年代带去了无尽的苦痛。命运女神从不曾如此肆无忌惮于她那傲慢无礼的把戏，也从不曾如此执拗于她对人类的玩弄。贺拉斯于公元前65年12月8日出生在意大利西南部的维努西亚，于公元前8年11月27日去世，那天

> 众人和缪斯诸神为他哀悼，
> 容他安息在埃斯奎林山上。

他在世的五十多年间发生了一连串的重大事件，当时的人们对此无法理解，深感困惑和失望，而后世的人们回望这个时期，能够很容易地看出，这些变化乃是日渐衰败的古老共和国向一个组织更加严密，同时更少自由的帝国迈进的必由之路。

我们与贺拉斯的时代相去已久，历史的巨变早已被写进书中。昔日战斗的号角声已然远去，海水已不再被鲜血浸染。画面陈旧，图像模糊暗淡，令人不寒而栗，只待我们用想象

之光将它照亮。于是我们第一次看到或者说感受到那个波澜壮阔的时代，感受它的仇恨和放纵；那些无论诚实与否都永远不乏激情的思想碰撞；那些朋友和家人的生死别离；它的无法无天与血雨腥风；那些可怕的悬而未决与孤注一掷；那些惨烈的没收、谋杀、焚毁、放逐，以及世仇、暴动、叛乱和战争导致的悲剧；还有这出伟大剧目中的那些主角的戏剧性离场，譬如：比斯多利战场上的喀提林（Catiline），东部沙漠地带的克拉苏（Crassus），近到足以眺望罗马城门的波维莱的克劳狄乌斯（Clodius），埃及的庞培（Pompey），非洲的加图（Cato），还有恺撒，塞维乌斯·塞尔匹鸠斯（Servius Sulpicius），马塞勒斯（Marcellus），德来朋纽斯（Trebonius）以及多拉贝拉（Dolabella），希尔提乌斯（Hirtius）与潘萨（Pansa），特契莫斯·布鲁图斯（Decimus Brutus），西塞罗家族（the Ciceros），马尔库斯·布鲁图斯（Marcus Brutus）与卡西乌斯（Cassius），庞培之子塞克斯图斯（Sextus），安东尼（Antony）和克莉奥佩特拉（Cleopatra）——这些人一个接一个地

在狂妄和焦虑中表演着他的人生，

第一章 解读贺拉斯：贺拉斯的魅力

直到最终退出舞台，销声匿迹。

贺拉斯的作品就应该在这样一个背景下去阅读，其作品包括公元前35至前30年出版的《讽刺诗集》(*Satires*)，诗人自己称之为《闲谈集》(*Sermones*)或《随笔集》(*Causeries*)；公元前29年出版的被称为《长短句集》(*Epodes*)的歌词集合；公元前23年出版的三部《颂诗集》(*Odes*)；公元前20年的第一部《书信集》(*Epistles*)，也是《随笔集》的延续；公元前17年的《世纪之歌》(*Secular Hymn*)；公元前14年的第二部《书信集》；公元前13年的第四部《颂诗集》；以及出版年代不详的最后一部《书信：论诗艺》(*Epistle, On the Art of Poetry*)。

我们首先要在这样一个背景之下去理解贺拉斯面对命运女神时的谦卑：

> 女神，你的神榻安放于美丽的安提乌姆；
> 你时刻准备着用你那神圣的恩典
> 使我们的浊骨凡胎脱离最卑微的尘土，
> 或是为了一己之悦把胜利的笑颜化为葬礼上的泪眼；

17

也需要在同样的背景之下去理解他对于人生无常、命运莫测的感慨：

> 我们的悲伤和耻辱全都拜命运女神所赐，
> 她总在无休无止地玩着嘲弄人类的把戏，
> 随心所欲地施加或斩断恩泽，
> 时而厚待他人，时而青睐于我。
> 她与我相伴，我便赞美她；假如她振动羽翼
> 离我而去，我便将她赠予我的礼物统统抛弃，
> 然后骄傲地用美德织成的斗篷，向诚实的贫穷求爱，
> 迎娶这没有嫁妆的新娘。

贺拉斯并非闲极无聊，空发感慨。他所描述的也许是普世现象，但从历史的角度来看，却并不寻常，实际是诗人对于正处在古代世界最激烈动荡的那个时代的罗马生活的传神记录。

当然，有些人可能会在一个同样波澜不止的时代里活得比贺拉斯更久也更幸运，却依然无法真正地走进生活。贺拉斯有着丰富的人生阅历，在很多方面与同辈人的生活发生交

第一章　解读贺拉斯：贺拉斯的魅力

集。他出生在远离首都罗马的行省里的一个小乡镇。他的父亲曾经是个奴隶，一辈子干着卑微的工作，却有着独立的精神、健全的常识和优秀的品格。他长年陪伴着儿子，父子关系亲密，让贺拉斯永远心怀感激。他先是让年幼的贺拉斯与维努西亚的百夫长的儿子们一起接受教育，这些孩子的父亲构成了这个边塞小镇的社会主体，之后又野心勃勃地把他带到罗马，让他获得了不小的成就，甚至掌握了元老的儿子们普遍拥有的才艺。最后他把贺拉斯送到雅典这座积聚了历代智慧的城市，在那里，大师们凭借着雅典人对于新事物的敏锐和喜闻乐讲的风气，使得过去的知识不断地焕发出新的生命。

年轻时代的贺拉斯因此拥有了丰富的求学经历，在此过程中他兼收并蓄各种知识和才能，比如他领悟到如何在意大利行省游刃有余的生存诀窍；他学到了上层社会用来装点门面的才艺；他从罗马历史中得到启迪，并在日后将一长串英雄人物写进第一部《颂诗集》的十二首诗中，就像陈列一幅幅栩栩如生的肖像画；他实际接触和了解到一些杰出的政治家、军事家、哲人及诗人等；他昼夜不分地就彼时人人关注的问题展开讨论；最后，他还接触到大量人文知识，包括希腊哲学和诗歌、遗迹和历史，并师从那些与古代杰出人物来自同一民族且具有同样思想渊源的大师。

但是贺拉斯的生活圈还在继续扩展。他离开雅典的大学堂，走进人生这所更大的大学。在得知恺撒被"解放者"刺杀时，他21岁，年轻的热血被数月后到来的布鲁图斯点燃。在布鲁图斯的军队里担任军官期间，他饱经持久战役的艰苦，同时也在一向有助于增进兄弟情谊的环境中结交了新朋友，丰富了自己的人生。他目睹了腓力比之战的惨烈，同时险遭沉船之灾，而在他返回意大利和罗马时，发现自己失去了父亲和财产。

贺拉斯所受的教育在他返回罗马后并未中断。在之后的一段时间里，他那惯于哲学思辨的头脑从未停止过思考，他思考解放者的理想与他们行动的实际结果之间的反差，思考内战时期混乱无序的罗马与奥古斯都统治下日渐有序的罗马之间的差距，认识到在一个人们连自己都无从了解，更无法相互了解的社会里，要去判断动机或手段的正义与否是件多么徒劳无益的事情。最终，他不得不接受现实。事实上，他并非只是默然接受。他跟彼时有思想的人们一样，日渐相信奥古斯都是罗马的希望所在，其态度亦从开始的被动接受转变成后来的主动迎合。因为受过教育的缘故，他的价值得到了认可，年仅24岁的他在政府部门谋得了一个令同龄人艳羡的职位，开始在财政部供职，有了稳定的收入和随之而来的安全感，受人尊敬，享有相当的尊严和一些闲暇时光。

他非常善于利用闲暇时间。受雅典学习经历的影响，他开始写作，因而引起了一小批同僚的关注。他的个人品性曾经为他赢得共和党军队头领们的恩宠，如今使他再次受益。他得到了那些可以给少数统治者进言的大人物的赏识。大约在公元前33年，贺拉斯32岁的时候，政治领袖奥古斯都为实现其重建罗马的计划广纳人才。在他的授意下，其谋臣梅塞纳斯帮助贺拉斯实现了财务自由，并把他带进罗马城最有影响的文人圈。他战胜了当时社会对于一个被解放的奴隶之子的歧视，消除了文学竞争者对他的妒忌，稳获名望和恩宠。

即便如此，贺拉斯也并未就此停止他深入社会的脚步。即便梅塞纳斯赠予他的萨比纳农场解除了他的经济压力，他不再亲自参与事务性的活动，他也从不曾在生活方式上把自己装扮成一个贵族或有钱人，但他仍然与彼时意大利最具代表性的阶层的成员们保持着友好的关系，通过他们感受着整个阶层的行动力和理想。他过往的经历和天生的适应性帮助他吸收他们的思想，体会他们的情感。

正因为贺拉斯的作品有着耀眼的个人色彩，我们才能够认识许多帮助他开阔视野、加深其心灵感受的朋友和恩主。他的诗歌，几乎无一例外全都写给或敬献给他的那些挚友。他们都是卓越不凡的人物，尽管为数不多，却是贺拉斯最合适的听众；他们精于国内事务和战事；他们生来品位高雅，教养良好，心胸宽广，头脑清醒，古道热肠。他们中有被贺拉斯称为他的另一半的维吉尔（Virgil）；有普洛修斯（Plotius），还有荷马史诗的吟唱者瓦里乌斯（Varius），他把后者与《埃涅阿斯纪》（Aeneid）的作者相提并论，称他们是世界上最清澈透明的灵魂；有昆蒂利乌斯（Quintilius），他的离世曾让许多善良的人为之悲恸：到哪里去寻找像他一样忠实和真诚的人？有梅塞纳斯这位教养良好、老成练达的朋友，他是贺拉斯幸运人生的坚实支柱和华丽装饰；有塞普蒂米乌斯（Septimius）这位贺拉斯暮年时渴望沐其笑颜，与其共赴天涯的伴侣；有阿格里帕（Agrippa）在西西里的财产代理人艾斯乌斯（Iccius），他分享着贺拉斯对哲学的热爱；有奥古斯都的女婿，战场上和外交界的英雄阿格里帕本人；有年长的特雷巴求斯（Trebatius），他曾是西塞罗和恺撒的朋友，早

第一章　解读贺拉斯：贺拉斯的魅力

年在高卢荒原历经磨难，养成了苦涩的幽默气质；有庞培和科维努斯（Corvinus）这两位老战友，他们在一起回忆当年打过的硬仗；有他在雅典时的同窗梅萨拉（Messalla），还有波利奥（Pollio）这位战士、演说家和诗人；有尤利乌斯·弗罗鲁斯（Julius Florus）和其他提庇留（Tiberius）文学阵营中的野心家；有阿里斯提乌·弗斯库（Aristius Fuscus），他那智慧、深邃的目光好似随时准备发动攻击的毒蛇；还有奥古斯都，他胸怀世界，日理万机，但仍然关心文学。

贺拉斯的思想正是经由这样一些人的散播，在其时代及后代产生了广泛且深远的影响。我们现在已无从判断，贺拉斯那精致优雅的语言在多大程度上得益于他们的判断力和品位，也无法确认其作品所涉及的丰富内容及其表达的健康明智的思想有多少来源于他们活力四射的性格以及他们所推崇的世界性文化。文学不是某个个体的产物，受众的反馈和激励几乎和诗人的灵感同样重要。

如上所述，贺拉斯的经历丰富多彩，包罗万象且富有人性。他广泛地接触社会，与各阶层人士均有过交往，他们中既有贵族也有平民，既有奴隶也有自由民。他的活动范围包括公共和私人空间，军队和地方，行省和都市。他接受的文化来自希腊、亚洲和意大利。他体验过城市与乡村、理想与务实的不同类型的生活，也曾出没于高雅宫廷或混迹于无知但并非总是愚蠢的普通百姓当中。

也有不少与他一样阅历丰富的人，他们一辈子都成不了诗人，甚至成不了智者。他们的人生经历就像是被水融化了一样，没有沉淀下来。贺拉斯的经历得到了沉淀。他凭着自身热情敏锐的天性，总能在一定程度上使自己成为他所遇见的每一个人。虽然他后来跻身于上流社会，但他与这个阶层的大多数人并不相同，他会支持和同情被解放的奴隶、农民和普通士兵。而他又不同于他脱离的普罗大众这个群体，他也会对那些事务缠身、操劳不已的富人和政治家表示同情。他从自身经历和对他人的观察中得出结论：世上没有完美无忧的人生，那些所谓幸运儿与普通人一样地劳碌，只不过他们为之操劳的事务不同而已。用个比喻的说法，即每个人的心里都有一个房间供黑色忧患之神在此宴请宾客，而这房间也从不缺少访客。

其实，单凭人生阅历的积淀这个被我们称为智慧的东西还不足以塑造出诗人。贺拉斯还具有一项更加罕见但同样必

第一章 解读贺拉斯：贺拉斯的魅力

不可少的天赋：对于艺术表达的直觉。我们无须争论天赋异禀、后天努力和良好人脉这几个因素当中，哪一个对其诗歌成就的推动作用最大，他无疑是"灵感"的最佳例证之一，尽管这个词并不一定最恰当。诗人的确是天生的。或许我们可以推测贺拉斯有着希腊人的血统，以此来解释他所拥有的灵感（好像意大利从未产生过自己的诗人一样），但这不能说明全部的事实。在谈到诗人何以成为诗人时，在考虑完通常的影响因素之后，总会剩下某个难以理解的，只能归因于天赋的东西。而贺拉斯正是因其天赋方显卓尔不群。

然而诗人并不仅仅是偶然生成的。贺拉斯能够感受到一种将他导向诗歌正义之道的力量，他知道这股力量即所谓的灵感有着神秘的来源，并不属于他。缪斯女神在他降生的那一刻朝他投去了温柔的一瞥。他既不想在战场上建功立业，也不想在竞赛场上出人头地，他更渴望为丰功伟业书写诗篇。他所有的力量和名声都来自阿波罗，这位甚至能令哑口之人发声赋诗的天神，贺拉斯称其为"迷惑众生的海贝之神，/甜美肃穆的曲调之父"。正是因为有了神圣的天赋，他才会成为无人不识的罗马的歌者，才会焕发出非凡的激情，愉悦众生。但他深知，诗人是天才加勤奋的产物，因此他认为单凭灵感创作是件愚蠢的事情。他称自己是马蒂纳塔的一只腿上裹满蜂蜜的蜜蜂，在潮湿的台伯河岸辛勤地穿梭。自然之物必经耕耘。缺少天赋的训练或不加培养的才能都是不够的，两者结合才能成就诗人。佳作源于智慧。一个人若想赢得眼前的比赛，必须从孩童时代起不惧寒暑，不近酒色。神赐的天赋须经锉刀打磨、长久等待和主动的心智训练方能至臻至善。

三　时代解读者：贺拉斯的双重性

贺拉斯的经历固然丰富多彩，其实主要分两类，反映出两个不同的贺拉斯。一个是相对自然的贺拉斯，为人简单直接，有着普通意大利人的行事方式和生活目标；另一个是不太自然的贺拉斯，深受希腊文化的浸染和造作的都市生活的熏陶。或许我们可以把两者分别称作未经雕琢的贺拉斯和从众随俗的贺拉斯。

这种双重性反映出贺拉斯作为一个来自边塞小镇的乡村男孩以及一名城市里的成功文人的双重经历。他记得维努西

第一章 解读贺拉斯：贺拉斯的魅力

亚小镇和镇上勤劳率直的人们，记得汹涌的奥菲都斯河、风景如画的阿普利亚，还有他那曾经为奴的慈父在与他一起四处漫步时教给他的寻常道理，所有这些都永远地留存在他的记忆中。城市的现实图景叠加在乡村的图景之上，但从未能取代后者，甚至从未将其掩盖。前者如同一件时穿时脱的衣衫，有时会部分遮盖身上最初的那件朴素斗篷，但为时不会长久。不要觉得衣衫的主人受社会环境所迫穿上衣衫是不真诚的表现，与大多数并非刻意的双重人格一样，两个贺拉斯都同样真实可信。他的家奴达沃斯抱怨主人身在罗马时心系乡村，而人在乡下时又念叨城里的种种好处，他所指责的不单单是某种不安分或矛盾的心态。事实上，贺拉斯既爱城市也爱乡村。

然而，无论城市的浮华造作有着怎样的魅惑，贺拉斯的内心始终向往乡村的单纯。在两个贺拉斯当中，维努西亚小镇和萨比纳山脉的那个贺拉斯更加真实。那些写给奥古斯都和他的家族的诗歌比较正式，有些听上去颇有些装腔作势，而那些赞美意大利的田野和村庄，以及往昔公民们作战之勇的颂诗，还有那些对人生景象展开哲学思辨的技巧圆熟的书信和抒情诗，却是连最严苛的评论家都难以提出同样的指责。

意大利风景的解读者

真正的贺拉斯首先是美丽富足的意大利土地的解读者。他用如此清晰的语言向我们展示出的这片土地不只存在于文学想象中,它不是忒俄克里托斯式的意大利,而是像维吉尔在其《牧歌》中极力模仿描画的那样,是贺拉斯的生长之地,是他那个时代的意大利,亦是今日的意大利。贺拉斯不喜描述,读者很难在他那里找到现代意义上的自然诗。他可以仅用一个词或词组,就让我们眼前闪现出意大利风景中那些或优美,或重要,或永恒的事物。他因为喜欢或者其他原因加以关注的景致,是我们今天依然能够看见的,比如橡树和大叶冬青,松树和杨树,阴郁的暗绿色柏树,艳丽而短暂的玫瑰花,还有芬芳的紫罗兰花丛。他的诗歌里有维那弗鲁的橄榄园,有多彩的秋天里与榆树恩爱缠绵的紫色葡萄,可爱至极,美丽至极;有形单影只的悬铃树;有顶着长角,长着灰色侧腹、黑色口鼻和明亮双眸的牲口,它们在坎帕尼亚平原宁静祥和的天空下吃着青草,或是在结束了耕作后安享草场上的自由时光;它们和卡尔杜齐(Carducci)在他的诗歌里为之歌唱的牲畜别无二致——

第一章　解读贺拉斯：贺拉斯的魅力

> 它们的眼睛透着庄重和甜蜜，
> 如同翠绿的宽阔无漾的湖面，
> 承载着草原上神圣的绿意和宁静。

贺拉斯让我们看到导致玉米颗粒无收的锈病，让我们看到无精打采的牧羊人把羊群赶到了小溪边，感受风止云歇的盛夏热浪对他的炙烤。卡拉布里亚的大草原洒满阳光，在我们的眼前铺展开，我们看到泛滥的浑浊的台伯河，汹涌奔腾的阿涅内河，和利里斯河静默的溪流下深藏的漩涡。我们看到亚平宁山脉那些与世隔绝的小山谷，冬日来临时山谷中的落叶随风起舞。我们还看到白雪覆盖下的阿尔班山的高地，春天将近时结霜的草地晶莹发亮；秋天从田地里抬起头，头上缀满成熟的果实；金色的丰收女神把她的宝物从一只装得满满当当的牛角中倾泻而出，覆盖着大地。贺拉斯精心雕刻的正是如此这般真实的意大利：真实的风景，真实的花果，还有真实的人们。

安德鲁·朗在其《致已故作者》（*Letters to Dead Authors*）一书中感叹道："这些歌是多么的欢喜！多么富有生活情趣，充满希腊艺术的精致和优雅。何等的男子气概和温暖持久的友谊，何等敏感的心灵才能感受到这波光粼粼的溪流、欢唱的瀑布、嗡嘤的蜜蜂以及栽满橄榄树的银灰色的山坡这么许多的美好事物！贺拉斯，你的诗歌多么富有人性！那些扭动腰肢、随风摇摆的杨树给你多少愉悦！你透过窗外飞舞的雪花看到索拉克特山顶的皑皑白雪，而此刻屋内壁炉里的木头越堆越高，此情此景又让你生出多少喜乐！……在我看来，除了维吉尔之外，没有哪位拉丁诗人像你一样地知晓，生为意大利人是件多么幸运又幸福的事情。你和维吉尔一样，并没有用一段辞藻华丽的篇章，去细数这片土地上曾经有过的辉煌，如同一位恋爱中的男子会细数情人的美好，但那份情感始终在你的心中，也时常挂在你的嘴边。你说：'比起坚定的斯巴达或富饶的拉里萨平原，我更痴迷于回声不绝的阿尔布尼山上的神殿，一往无前的阿涅内河，蒂布的树林，还有小河蜿蜒淌过的果园。'这是一个诗人应该发出的声音。对于每一位歌者而言，唯有故土最为珍贵。意大利是美丽的，她有神圣的群山，山形柔和庄严，她有幽暗的树林，有鹰巢般附着在悬崖峭壁上的小城镇，有静静穿过古老城墙的河流。意大利是美丽的，一如她的海洋和太阳。"

第一章 解读贺拉斯：贺拉斯的魅力

意大利生活的解读者

贺拉斯对意大利生活的艺术呈现清晰可见，如同他描画的意大利风景。我们在哪里还能看到这许多生动表现人们日常生活和娱乐的随笔画？贺拉斯的《讽刺诗集》和《书信集》里自然可以看到，尽管有些讽刺作家和书信作者从来不曾把生活的色彩涂抹在他们的画布之上，他的抒情诗同样不乏周而复始的生活场景，如万花筒般令人目不暇接。他用寥寥数笔，把商贾和水手的工作情景栩栩如生地呈现在我们眼前。我们看到猎人追赶着野猪，看到乡下人布网捕捉贪吃的画眉；看到有人弹奏着小夜曲，在窗下徘徊；看到农夫闲坐在火炉边，看到焦急的母亲伏身在悬崖边的窗户上，凝望着蜿蜒的海岸线；看到庄稼汉在自家的山坡上辛勤劳作，用自家的牛犁自家的地，并尝试把葡萄藤嫁接到树上；看到山城里的年轻人背着成捆的柴火爬上岩石嶙峋的山坡；看到乡村的节假日；看到晒黑的妻子为田里归来的疲惫的丈夫准备晚餐。我们看到了古雅恬静的乡村生活的方方面面。

贺拉斯善用朴素的格言或农民们易懂爱听的小故事。有一个故事讲到乡下的老鼠和城里的老鼠。另一个故事讲到一只狐狸和一只贪吃的鼬鼠，鼬鼠因为吃得太多，没法从钻进来的洞口逃走。还有故事讲了一个乡下人坐等河水从他面前流过；讲了马让人帮它一起对付公牛，却从此遭受无休止的鞭打。即使《颂诗集》最庄严正式的诗篇，亦不乏醇美的意大利风景，不乏和煦温暖的意大利生活。我们甚至在《颂诗集》第三部的头六首被称作"就职颂歌"（*Inaugural Odes*）的诗歌中看到了葡萄园和冰雹，看到选举日当天的战神广场，看到无所畏惧、以苦为乐的士兵，看到躁动不安的亚得里亚海、撒丁岛的海岬和诗人幼年时居住的低洼的福伦特小镇，看到伏尔图树林里的婴儿和山上的拉丁小镇，看到克拉苏手下胆小的士兵，还有雷古卢斯（Regulus）坚定的爱国热情。没有这些，"就职颂歌"将会冰冷无趣。而更加不可缺少的是诗人对于时下意大利民众素质下降所表达的强烈抗议，竟有如此多的色彩、激情和诗意，竟如此精彩！

> 出身于这种父母的青年不会
> 让迦太基人血染大海，
> 让残暴的汉尼拔一命呜呼，
> 让伟大的皮洛士和安提阿大王一事无成；

> 他们出生在乡下大兵家,
> 英武阳刚,只需父母的一句严词,
> 便会服帖顺从,
> 下地挥舞锄头。

> 或当山影沉入夜色之时,
> 上山砍柴背回家里,
> 太阳神亦驾车西去,
> 疲惫的牛儿终可歇息。

罗马宗教的解读者

不仅如此,贺拉斯还对乡村宗教做出了令人信服的解读。他自然是知道希腊和东方的众神,如塞瑟岛和帕佛斯以及伊俄克斯和尼多斯的维纳斯,还有主管商业获利和赞助的墨丘利,山林女神戴安娜,把满头散发浸在纯净的神泉水中的得洛斯岛的阿波罗,以及天性易怒的朱庇特的妹妹兼妻子朱诺。向着朱庇特神庙所在山巅蜿蜒前行的宗教游行队伍华服盛装,招摇过市,给贺拉斯留下了深刻的印象。他默默地接受了这一切，甚至还接受了彼时在罗马尚处于初始阶段的帝王崇拜。其实他本人偶尔也会光顾一些祭祀场所。对于他而言，正如对于西塞罗而言，宗教是一种社会和公民礼仪，是国家机器的必要组成部分。

但是伟大的奥林匹克众神并不能真正激发贺拉斯的宗教狂热，甚至不能引发其热切的同情之心。他只在一首颂诗里向他们中的一位虔诚地祈祷，而把其他许多颂诗都献给了本民族的神祇。他祈求伟大的疗愈之神及诗歌之神赐予他最珍视的一切：

> 诗人跪在阿波罗的神殿内，
> 举起银色的高脚酒杯，
> 洒下祈愿的酒滴，
> 他在追寻什么？祈求什么？
>
> 不求撒丁岛海岸上庄稼丰收；
> 不求牲畜在炎热的卡拉布里亚
> 膘肥体壮，心满意足；不求
> 满屋黄金，满仓象牙；

不求那些美丽的沃土,那里有
肥美的草地和快乐的牧场,
还有静静的利里斯河水缓缓而深沉地流淌,
一点点冲蚀着河岸。

让那位从众神那里获赐加勒里葡萄园的幸运儿
为那些葡萄修枝整叶;
让商人售罄香脂和甘松,
喝尽黄金酒杯中珍贵的佳酿。

他是诸神的宠儿,
他的商船满载货物
一年三次顺利穿越
风暴频发的中部海域。

橄榄树枝上摘下的成熟果实,
还有锦葵和菊苣,都为我所食。
拉多娜之子,请聆听我的誓言!
阿波罗,请助我实现祈愿!

> *要健健康康享受天赐的福恩；*
>
> *要无事烦忧的心灵，坚强无畏；*
>
> *要心情快乐，明智知足；*
>
> *要尊荣长寿，还要歌唱。*

这可不是在城里长大的、流于形式之人的祈愿，它映衬出那颗怀有谦卑和同情的心灵。我们必须深入意大利的田野和村庄，在当地人中寻求让诗人神采奕奕的信仰。他们是意大利人的后裔，祖祖辈辈自古就以同样的方式，在同样的祭坛崇拜着同样的神灵。这不是旧时从希腊和埃及传入的、华美威严的神，而是在意大利土生土长的朴素的农田之神。无论贺拉斯如何理解这其中的前因后果，在他凝视人们虔诚膜拜的美好景象，思索着膜拜者的质朴淳厚之时，他认识到这份真挚与纯洁和他那世俗智慧所领悟到的城市拜神者的心灵截然不同，他从中感受到一股巨大的吸引力。

贺拉斯或许暗自怀疑朱庇特的霹雳神力，或许会调侃伊壁鸠鲁诸神对凡间俗事漠不关心。他这样做时，所面对的是神话和文学中的神，而不是真正宗教意义上的神。对于这个国家旧时的信仰，他唯有最亲切的敬意。在提到纯洁无瑕的宗教时，他脑海中浮现的画面不是在首都大理石街道上看到的那些华而不实的景象。他想到的是秋天家中古老祭坛上升起的贡香；是界碑神节庆时宰杀羔羊的盛宴；是红葡萄祭酒和清澈的祖泉上供奉的鲜艳花朵；是农舍简陋的壁炉；是世代相传的、镌刻着银色碱蛇床花纹的华丽餐桌；是威严的家长从桌上拿起噼啪作响的盐粒和美食，献给头戴迷迭香和桃金娘花冠的家神；是松树下膜拜圣母的祭坛；是坠入爱河的牧神福纳斯，徜徉在阳光灿烂的农田，追寻离去的林中仙女；是花园之神普里阿普斯和边界守护神希尔瓦努斯；而最重要也最典型的是乡民费迪蕾的信仰，他以洁净的双手和纯真的心灵在新月升起时举手向天，为密布的葡萄藤、繁茂的玉米地和无瑕的羊羔祈祷。贺拉斯既不想轻描淡写地历数这些宗教生活的点点滴滴，也不愿像莫泊桑描绘法国乡村那样来描绘意大利乡村——他笔下的法国乡民更像是令人捧腹的动物，身上仅有的一点人性让他们更显滑稽可笑。

民间智慧的解读者

最终，在《讽刺诗集》和《书信集》里满溢的，在《颂诗集》中闪耀的朴实而与众不同的智慧中，贺拉斯再次诠释了他的国家。罗马和意大利民众自觉地与斯多葛主义或伊壁鸠鲁主义撇清了关系。他们的哲学是坚实有力的常识，是从生活中习得，而不是来自蒙人的书本。贺拉斯同他们一样，并不是斯多葛派或者伊壁鸠鲁派中任何一方的坚定信徒，尽管他曾在雅典接受过所有正规的哲学教育，尽管他宣称自己把哲学视作给所有人的赐福，尽管天性使他更倾向于系统化的思想，从而接受斯多葛主义或伊壁鸠鲁主义中的某一派。他被这两个系统的优点所吸引，同时也厌恶它们的弱点。他对于这种摇摆态度的幽默忏悔只不过说明他对两者皆持开放心态：

万一你问我受到何物引导或者在何处寻求安身之处，那我就告诉你，我不会宣誓服从任何大师的准则，我只是一个听凭暴风雨把我带到任一避风港的过客。如今我充满了活力，并全身心地投入公民生活的浪潮，是至真美德的坚定追随者和守护者。现在我悄悄地退回到亚里斯提卜（Aristippus）的戒律里，并且试图让境遇服从于我，而不是我屈服于境遇。

贺拉斯要么是斯多葛派，要么是伊壁鸠鲁主义者，要么两者皆非，要么两者兼而有之。哲学的特征取决于术语的定义，而贺拉斯对快乐与责任的定义使得伊壁鸠鲁主义与斯多葛主义在实际操作中并无二致。他嘴上更像是伊壁鸠鲁主义者，行为则更像斯多葛派。他的哲学处在两个学派之间，或者更确切地说，处于两者共通之处。这一哲学无以名之，也不成系统。它与任一学派的相似之处更多地缘于贺拉斯的本性，而非他对这些学派的熟悉程度，尽管他的确十分熟悉。

早在他听说这些学派之前，贺拉斯就已打下他的哲学根基。这个基础是一种思维习惯，是在他与父亲、维努西亚人以及罗马普通民众的交往中形成的。在雅典的阅读、学习和社交生活的影响下，在这种经历所带来的压力下，在他于帝国首都对生活所做的广泛且长久的沉思中，它凝结为一种人生哲学。"哲学"一词对于我们理解贺拉斯具有误导性。它暗示着书籍、公式和外部情境，但贺拉斯在书中读到的东西对他来说并非全然是纸墨里了无生气的哲学；他吸收了与他本性一致的成分，变成行动中的哲学，一种真正的生活指南。他对这种哲学的信仰是真诚的：

> 时间如此悠缓而不近人情地推移，使我未能主动认识到，那些被忽略的事情对年轻人和老年人是同样的伤害……嫉妒者、暴躁者、懒惰者、贪杯者、轻浮者——简而言之，只要

他愿意倾听教化,其性情定会变得更加温和,不至于粗俗到不可救药。

贺拉斯偶尔借用的学派措辞不应该误导我们。这很大程度上是为了方便包装他得自经验的真理,又或许是一种文学修饰。他写给诗人朋友阿尔比乌斯·提布卢斯(Albius Tibullus)的幽默而不无讽刺的语句——"你想开怀大笑的时候,就来看看我;你会发现我肥胖滑溜,皮肤保养得很好,是伊壁鸠鲁猪圈里的一头猪"——既可以是斯多葛派的玩笑,也可以是伊壁鸠鲁派的自白。贺拉斯的哲学是独特的,也是与生俱来的;它代表了罗马人的常识,而不从属于任何学派。

贺拉斯与希腊主义

人们在论及贺拉斯的天才之时,经常用到"希腊的"(Hellenic)一词,需要在此略做解释。贺拉斯所受高等教育的诸多成效中,最为醒目的自然是希腊文学对他作品的影响;然而把贺拉斯称作希腊人,却是被其诗歌中出现的希腊形式和希腊典故遮蔽了本质。这就像是罗马的凯旋门因为有圆柱、门楣或是希腊大理石饰面而被称作希腊的,同样是无稽之谈。罗马建筑的特点在于罗马混凝土和罗马式拱顶,而不是它的装饰。贺拉斯要是希腊人的话,弥尔顿就该是希伯来人或罗马人,莎士比亚就是意大利人。

四 生活哲学家:观察家兼散文家贺拉斯

贺拉斯的魅力主要在于其个性的丰满,这很大程度上源于其乐于沉思的天性。他以旁观者的姿态对待大千世界上演的戏码。我们将看到,他对他所观看的这出大戏并不缺乏浓厚的兴趣,但更多时候他保持着一种轻松的娱乐心态。他自己一直以来扮演了不止一个角色,还与很多演员相熟。他熟知生活的舞台上充斥着面具和厚底靴,他生活的那个时代里每个人都扮演着多重角色。经验带来反思,反思继而又化作经验,直到沉思从消遣变为习惯。

贺拉斯是另一个观察者,只不过他与"实际生活的牵扯"并不肤浅:

因此,我活在世上,与其说是其中一个物种,毋宁说是人类的一个观察者。我用这样的方式,使自己成为投机政治家、士兵、商人和工匠,却从不让自己与实际生活有任何牵扯。我精通为夫、为父之道,我能识别经济和商业活动中的差错,以及其他行业的偏差,比起那些圈内人士更加内行:作为旁观者我能发现那些身处其中的人无法看到的问题。

他从高处,像他敬仰的卢克莱修(Lucretius)那般俯瞰众生,目光敏锐清晰:

> 世间之事没有什么比栖身在受先哲智慧护佑的高大城堡中更加甜美。在那里可以俯视芸芸众生在错误的道路上漫无目的地漂泊,寻找生活的方向;看他们奋力比拼才智的高低和出生的贵贱,不分昼夜,竭尽全力,最终抵达权力的巅峰,称雄于世。

贺拉斯甚至不仅仅从旁观者的角度来思考这场人类身陷其中的游戏,他也在观察着自身。带着同样平静的愉悦,作为诗人兼哲学家的贺拉斯注视着作为常人的贺拉斯,正如他审视人类大家庭那样,他与这大家庭不可分离却又置身其外。这是贺拉斯与世人无异的一面,也是他思考的对象——他与世人一道在这妙趣横生的"人间喜剧"中扮演着角色。可以说,他以自身为例,显示真诚者的道德;说明勤奋与天才缺一不可;提供幸福不必与富有同行的确凿证据。他对待自己几乎像对待萨比纳农场的风景一般客观公正。作为观察者的贺拉斯以人类生活为背景,注视作为常人的贺拉斯,正如他

第一章　解读贺拉斯：贺拉斯的魅力

注视银装素裹的索拉克，或寒冷的迪根蒂亚，或奔流不息的亚得里亚海，或绿树成荫的塔伦特姆，或白雪皑皑的阿尔吉德山，或草木葱茂的维那弗鲁。他笔下的意大利风景清晰而优美，不是因为它们风貌独特，而是因为它们与人类的普遍生活密切相关。贺拉斯的作品中极少出现为描述而进行的描述。同样地，他所提供的有关其生活、其人、其性格的生动点滴几乎从未给人以自我中心主义的感觉。贺拉斯是诗人中最自我的一位，但他对自我的表达从不会变成自私的表述。

尽管有些观察者仅仅只是观察，贺拉斯却不仅如此，他还是一位批评者和阐释者。他以敏锐的目光看待生活，并对他看到的不同的价值观给予理智而明晰的表达。

然而，千万不要认为贺拉斯是个吹毛求疵的批评家。他秉持公正的态度，其结论常常宽厚仁慈。他不是特维克纳姆的小黄蜂，不是给人猛烈鞭挞的尤文纳尔（Juvenal），也不是高举西皮奥尼赞助人的利斧胡劈乱砍的卢西乌斯（Lucilius），在人民的领导下也领导着人民。他与恩纽斯（Ennius）不同，他的写作不仅仅为娱乐读者。不过有时候，他对某些人的讽刺似乎有失厚道。他像他的前辈和榜样、坎帕尼亚的骑士卢西乌斯那样，对邪恶和各种怯懦予以明确的抨击，只对美德和美德之友宽容以待。那些行事诚实、心地纯朴的人大可不必害怕，即便是犯下常人之错的人也不用太担心，顶多会受到他的善意的嘲笑。

贺拉斯作为《讽刺诗集》和《书信集》的作者，更应该被称为散文家。他无意中成为一个讽刺家，不过是因为他善于观察。对生活的真正理解就是看清人如何沦为激情和妄想的牺牲品，唯有讽刺方能对此给予评价。

那么，当贺拉斯静默于沉思的高寒之地，身处哲学的超然之中时，他到底看到了什么？他又作何感想？

贺拉斯的生活哲学是构成其性格的重要因素。界定贺拉斯的生活哲学，便是对"贺拉斯式"（Horatian）一词的内容给出解释，便是追溯这条最能将其作品贯穿一体的线索。

空幻的欲望

贺拉斯看到世界上遍布着心怀不满、躁动不安的人们。士兵、律师、农夫、商人，他们逐利的热情席卷整个大地，如同旋风中飞扬的尘土，所有人都牢骚满腹。随便在人群中挑出一个人，他的心灵都在煎熬中，不是因为贪财就是因为可怜的权欲。一些人被白银弄得眼花缭乱，一些人因青铜失

第一章 解读贺拉斯：贺拉斯的魅力

去了理智，还有些人千方百计追求世俗功名。很多人爱得不理性，过于狂热。他们中的大多数人都陷入追逐金钱的疯狂竞赛中，或是为了确保年老时的安逸清闲，或是被类似运动员超越对手的渴望所驱使。凡人如此之多，他们追逐的目标也如此之多。

由于贪婪、野心、欲望和激情的束缚，人们无一例外地被焦虑纠缠。焦虑藏在昏暗宫殿的镶木天花板里，轻轻掠过人们失眠的双眼；当人们冲向战场时，焦虑坐在他们身后的骏马上；当他们在青铜饰边的游艇上寻欢作乐时，焦虑尾随而至。它处处追随着人们，它的迅捷胜过鹿，胜过驱赶暴雨的风。即使那些最快乐的人也并非真的快乐，没有人能永享无憾的幸福，完美的幸福是无法获得的。提托诺斯享有永生的福祉，却在永恒的暮年中衰老憔悴。青春的力量与勇气让阿喀琉斯魅力无限，却也让他难逃英年早逝的厄运。即使最富有的人也不满足，丰盛富裕之中始终缺少些东西，欲壑难填。

普通大众也同少数富人一样被欲望所奴役。无名之辈与达官显贵一起，被荣耀绑缚在它闪闪发光的车轮上，拖拽着。穷人和富人一样变化无常。那些不富也不穷的人又怎样呢？

45

46 你大可付之一笑。他不停地更换着阁楼、卧床、洗澡的浴缸和理发的师傅,他在租来的船上与那在私人游艇上的富人一样晕着船。

人们不但统统沦为贪心不足的牺牲品,而且都受制于命运的无常。傲慢的命运女神扑扇她轻快的翅膀,不请自来又不告而别。一旦喝空酒桶,朋友就露出背信弃义的面孔。无法预见的死亡随处潜藏,伺机而动。一些人被贪婪之海吞没;一些人在可怕的战争中被复仇女神毁灭。死亡之路上人满为患,不分长幼尊卑。残忍的冥后普罗塞皮纳不放过任何一个人。

即便那些眼下暂时逃脱了恐惧的人,最终还是要面对不可避免的结局。无论如何,死神都会把卑微之人从劳役中解脱出来,也会剥夺傲慢之人的权力。所有人都将迎来同一个夜晚,他们都要踏上此生必经一次的死亡之路。死亡的召唤不偏不倚地被送到穷人简陋的茅舍和富人带塔楼的宫殿,王子和农夫同样都要穿过这条黑暗之流。

47 永恒的流放是所有人的宿命,不论是籍籍无名的穷人,还是飞黄腾达的伊纳库斯(Inachus)家族:

啊!我的波图姆,啊!时光

飞逝:无论多么虔诚的付出
都无法拖住皱纹丛生的衰老脚步,
也不能延迟与死神的约定;

即使每天献上三百头公牛
你也打动不了冥王,
他对眼泪无动于衷,把那三头六臂的革律翁
和提提俄斯都卷入阴森的波浪下。

我们注定终有一日要乘风破浪,
所有在这片土地上生息繁衍之人,
不论我们是富贵的王储,
或是贫贱的农夫。

我们徒劳地逃离凶残嗜血的战神,
徒劳地躲避哈德里亚海的惊涛骇浪,
徒劳地惧怕秋天闷热的南风吹送
毒气,充溢着死亡的气息。

我们终须踏进这蜿蜒的河流，
沿着阴森而悠缓的科库托斯河；
我们也必会目睹臭名昭著的达那厄斯家族，
和终身劳役的西西弗斯。

一切都必须舍弃，——土地、家园和亲爱的
妻子，——
当我们的生命终结时，一切都将被抛诸身后；
你珍爱的一切都不会跟随你而去，除了一棵树，
——在你棺材架上的那棵柏树。

你那些用一把把密匙封藏起来的酒桶
很快会被你那聪明的继承人喝得精光；
骄傲的老凯库班任性地挥霍着，
祭司庄严的宴会上才能饮用的美酒。

那些死于命运之击的人，也没有充满光明的未来可以期待。冥神奥库斯冷酷无情，墨丘利引渡的亡灵暗黑一片，冥府如日暮般昏暗。忧虑甚至都不放过那些游荡在墓穴之外的

可怜魂灵。阴沉而持久，是这鬼魅所在的虚幻世界唯一真切实在的特征。萨福为爱上自己的女伴而深深叹息，阿尔卡卢斯的琴拨只为世间苦难的歌声奏出和弦，普罗米修斯和坦塔罗斯无法从酷刑的折磨中解脱出来，西西弗斯周而复始地滚动石头，达那厄斯姐妹给不断清空的罐子装满水。

现世的快乐

这是个笼罩在阴影中的黑暗画面，必须用光亮和色彩加以挽救。我们不要轻率地得出结论，把它当作阴郁哲学。贺拉斯的口吻既不同于无精打采的怀疑论者，也不像绝望透顶的悲观主义者。他从沉思中起身，发出卢克莱修式的感叹：

啊，人类可怜的心智，盲目的心灵！你这渺小的、不确定的生命在怎样的晦涩和危险中穿行而过！

他会同意悲观主义哲学的观点，即人生包含着拼搏与痛苦。但他不会和叔本华一样，在所有的意志中看到行为，在所有的行为中看到缺失，在所有的缺失中看到痛苦。同时把痛苦视作意志的必备条件，认为只有放弃生存的意志，痛苦才会走到尽头。虽然贺拉斯早知人类希望之虚无，但生活于他而言并不是"一个尽可能吹大的肥皂泡，尽管每个人都心知肚明它迟早会爆裂"。

不是这样。生活或许有着不可避免的痛苦和无法逃避的结局，但它包含的内容远比一个肥皂泡要丰富得多。对于那些发现并享受生命秘密的人而言，生活包含着大量实在之物。

这个秘密到底是什么呢？

享受人的宿命的第一步是默然接受它。生存自然是罪恶的，结局亦是痛苦的，但如果一个人能坦然面对生存的现实，且意识到与之抗争乃是徒劳，那么这些罪恶和痛苦便会被淡化。不如去忍受宿命的安排！昆蒂利乌斯已经逝去，生活不易；但只要我们不失耐心，命运强加于我们的恶便会有所减轻。

接下来，一旦我们学会妥协，不再把完美的幸福视作一种可能，或者不再把追求哪怕一点点幸福视作自己应有的权利，我们便已准备好迈出第二步；那就是善待生活的种种美好：

> 在你所有的希望和忧虑之中，在你所有的愤怒和恐惧之中，
>
> 想一想每一个照亮你的岁月的、阳光灿烂的日子，

第一章 解读贺拉斯：贺拉斯的魅力

那不请自来的时光便带来双倍的欢愉。

因为有很多事情使生活变得愉快：有文学的慰藉，有歌曲减轻忧患，有哲学的丰富，有人际的交流，有乡村和城镇的乐事。最重要的是，有朋友分享生活在意大利的快乐。如果不是为了享受玫瑰、葡萄、杨树和喷泉，享受福绵山丘和麦锡坡地慷慨的佳酿，台伯河畔的庄园，萨比纳人平静而健康的隐居，享受季节更迭，从严冬到和煦春风，再到苹果丰产的秋天——"薄雾迷蒙、硕果累累的季节"，人生在世又是为何？身处这样的世界，有什么理由不快乐呢？

智慧的人不仅会认识到自身丰富的可能性，而且会在这些可能性消失之前紧紧抓住它们。谁知道那些高高在上的神明有没有给今天加上一个明天？高兴吧，接受那逝去的时光的献礼！好好利用眼前的每一天，不要对明天怀有愚蠢的信心。奥马尔（Omar）似乎说出了贺拉斯想说的话：

> 不要浪费你的光阴，不要徒劳地执着于
> 这样和那样的努力和争论；
> 与其为一无所有，或苦涩的果实而悲伤，

不如为硕果累累的葡萄而欢欣。

啊！盛满酒杯：无论穿什么样的鞋子
时光在我们脚下都匆匆溜走；
尚未到来的明天，已然逝去的昨天，
何必为它们烦恼愁闷，假若今天甜蜜而美妙！

人生的美好如果不能及时享受，便一切晚矣。那些曾享受过的瞬间永远属于我们自己。一个人能够在每天结束之时说："我活过了！"他就是幸福的。这一天是他的，不可撤回。就让朱庇特用乌云笼罩明日的天堂，或是用灿烂的阳光照亮它——随他所愿；他永远无法收回今日飞逝的时光所给予我们的一切。生活是一条溪流，时而平和地流向通往塔斯卡纳海的中心航道，时而在漩涡深处翻滚着洪水和风暴中的残骸。可怜的人类站在岸边，带着贪婪的期盼注视着溪流的上游，或是带着徒劳的悔恨看流水已逝，最终一无所有。真正的智慧和幸福就是把目光投射到眼前目光所及的那段水流之上。

你可看见，索拉克特峰深深矗立在

茫茫积雪中，树枝俯下身体，
在重负下低垂，
溪流因冰冻而停止流动。

驱赶寒气！壁炉里高高堆起
熊熊燃烧的柴火；塔里阿科，
从那多年的陈酿老坛中取出
萨比纳的美酒，把酒杯斟满吧。

其余的全部托付给诸神，
他们既可让狂风平息，
让古老的白蜡树和柏树震颤，
亦可在波涛汹涌的大海上发起征战。

不要去刺穿明日的迷雾，
且来赞美当下吧；
不要拒绝舞蹈，也不要鄙视甜美的爱情，
趁了无生趣的日子溜走之前。

此刻原野一片欢乐，
轻言细语情话绵绵，
幽会在暮霭沉沉时分，
有少女羞羞答答。

54　　笑声难掩，暴露了
她藏身的隐秘角落，
她调皮地和你争抢信物，
假装不肯让你拿去。

生活与道德

但贺拉斯的享乐主义远未到奥马尔的程度。对奥马尔这位波斯人的如下说法，他一定会觉得太过极端：

昨日已过，且顾今日的疯狂，
哪管明日的沉默、胜利或失望，
干杯！你不知从何处来，为何而来；
干杯！你不知为何离去，去向何方！

第一章 解读贺拉斯：贺拉斯的魅力

贺拉斯的享乐主义更类似伊壁鸠鲁本人的思想。这位圣洁的隐士教诲人们："那些难以满足的人永远都不会满足。"他还把简朴的生活视作本分和幸福。门徒们过度放纵的生活是对伊壁鸠鲁名声的诽谤，而贺拉斯并不在这些门徒之列。伊壁鸠鲁的堕落门徒放任自己"在感官的猪圈里忘情地打滚"，贺拉斯与他们并无共同之处。从生活中提炼愉悦之蜜的确是最高目标，但若缺乏鉴别力、克制以及一定的精神修炼，这个目标绝无可能实现。生活是一门艺术，平衡，完整，宁静，如同精湛的诗歌，或是雕像，或是庙宇。高级别的享乐主义者的实际行为与斯多葛派相差无几。

贺拉斯即使在处理最严肃的主题时也不失亲切的语气和不动声色的幽默，因此常常令人误解。他在为数不多，且多半写于年轻时的一些篇章中表现出太多的自由，更有可能给人造成这种错误的印象。

其实贺拉斯是一个严肃的人，他甚至在某种程度上是位传道者。孩童时他是时代的歌颂者，之后是年轻人的审查者和纠正者。就禁欲主义者和享乐主义者的通俗定义而言，他更像是前者而不是后者。

贺拉斯总是劝告人们节制，有时也会劝人禁欲。他不酗酒，也并非滴酒不沾。他从未想过从原则上杜绝饮酒。葡萄藤是神赐的礼物，他更希望把它种植在瓦鲁斯的提布尔的沃土上。葡萄美酒是生活给予人的一大补偿：

> 它对大脑有着神奇的魔力
> 能让笨蛋开窍，
> 能让圣人忘却忧愁，
> 那是他心底深处从不显露的思绪，
> 能把他一脸严肃的伪装
> 淹没在它愉悦的影响之下。
> 它给疲惫的心灵带来
> 光明的希望与活力，
> 将这般勇气注入脑中，
> 让穷困者重新做回男人，
> 不为暴君们的震怒惊慌恐惧，
> 也不被他们恼怒的随从所困扰。

但凡酒成为祸害，必定不是因为它自身的缘故，而是因为过量的饮用。酒是为了人们享乐而酿造的，但为它发生争执——让野蛮人去干这蠢事吧！听取色雷斯人、半人半马怪物和拉皮斯人的警告吧，千万不要越过适度的边界。带着苦涩余味的快乐不是真正的快乐。用痛苦换来的快乐是一种罪恶。

他看待女性的态度就像对待酒一样冷静和富于哲思。爱情也被看作人生的乐趣之一。金发的皮拉、莱斯或格莱斯拉的美貌在贺拉斯的眼里比派洛斯岛的大理石更耀眼，与她们调情并无大碍。他非常乐意把诗歌赠予友人和帝王阅读，而女人们也很乐意向他袒露心怀。爱情之错不在其本身，而在于滥情。这里说的不是通奸，因为它扰乱了婚姻体系，也腐化了社会根基，一直都是犯罪行为。

因此，写作爱情诗的贺拉斯与在《世纪之歌》中恳请朱诺夫人敦促元老院立法以鼓励婚姻关系和家庭抚养的贺拉斯，并无矛盾之处。他坚称自己从不曾与罗马的有夫之妇发生过不正当恋情，并以六首"就职颂歌"中最后也是最有力的一首抨击此类不道德行为，因为这些行为累及家庭，并通过家庭，危及城邦。他把罗马的放纵与对宗教信仰的忽视一起归为国家腐败的两大原因。

贺拉斯不像奥维德（Ovid）那样缺乏放纵欲望和表达欲

望之间的边界意识；他也不像卡图卢斯（Catullus）那样，饱受青春激情之火的折磨。这烈焰从未真正灼伤他。在他的作品中，我们找不到痴迷的激情，无论是肉体的还是精神的。他没有违背时代道德，而且很可能也并不像苏埃托尼乌斯（Suetonius）所述的那样行事极端。他诚心诚意地协助帝王提升城邦的道德水准。如果维吉尔写作《农事诗》和《埃涅阿斯纪》是为了支持奥古斯丁的事业的话，那他的好友贺拉斯也是带着明确的道德意图来写作的。以下文字是他对文学的目的与效用的最佳表达：

它使孩童的话语轻柔迟疑；它果断清除孩子耳中无耻的言谈；眼下，它正用友好的准则塑造他的内在自我；它纠正严酷、嫉妒和愤怒；它阐明善行义举；它以寻常事例教导子孙后代；它是无助者和病痛者心灵的慰藉。

生活与目标

因此，贺拉斯的生命哲学是建立在某种比追逐享乐更加深刻的原则之上的。他对享乐的理解包含了节制；他既宣扬行动的积极意义，也不讳言节制的负面影响。他可以做真正美德的坚定追随者和捍卫者，也可以让自己顺从于环境。

第一章　解读贺拉斯：贺拉斯的魅力

贺拉斯主张忠于家庭，热爱祖国。*Dulce et decorum est propatria mori*[1]——为国牺牲是一种殊荣。雷古卢斯不顾朋友们列队劝阻，置生死于度外，勇赴与迦太基无情的刽子手之约，是贺拉斯心目中的英雄。雷古卢斯携同斯考利（Scauri）和保鲁斯（Paulus），将其伟大精神传遍多灾多难的坎尼大地；还有心灵淳朴且诚实正直的法布里修斯（Fabricius）——贺拉斯把他们树立为同辈人的楷模。他写下最激励人心的诗行来赞美罗马人的勇气与坚定的品质：

正义之士的目标始终如一，他的坚定意志既不会被群情激愤的市民的可鄙要求左右，也不会被气势汹汹的暴君的不悦脸色动摇；既不会被波涛汹涌的亚得里亚海那浑浊的主宰者，东风扰乱，也不会被轰鸣暴怒的朱庇特之巨手阻挠。如果天空四分五裂，就让碎片落到他的头上，他绝不会惊慌。

他不仅传播忠实家庭、国家和目标的福音，还有信仰宗教的福音。对亵渎这些"神圣秘密"之人，他避之唯恐不及。神的诅咒施降在这类人身上，纠缠他们，直至生命终结。

他也明确表达了对友情的忠诚。在他头脑清醒时，贺拉

---

[1] 出自贺拉斯，直译为"为国捐躯是甜蜜而正当的"。——译者

斯最珍视的莫过于良友。无论命运何时召唤，他都随时愿意与梅塞纳斯共赴生命的最后旅程。像他一样为了亲爱的朋友和乡土不惧死亡的人，都是有福之人。

他也同样尊重古罗马时期的优秀精神——拒绝贿赂；不利用对手的弱点；不问不恰当的问题；不逃避职责；即使受伤也绝不背叛。这种高贵精神的表现，总能令李维（Livy）的脸上焕发光彩，眼中闪烁光芒——对此贺拉斯也表示最崇高的敬意。自我牺牲的雷古卢斯，鄙视萨姆尼特人黄金的古瑞斯（Curius），放弃私怨、挺身救国的卡米卢斯（Camillus），在塔普索斯之战后为信念献身的卡图，他们都鼓舞着贺拉斯。他理想的英雄对耻辱的恐惧胜过死亡。王冠和荣誉只属于那路过宝藏而目不斜视的人。

最后，在贺拉斯视作理想的品格中，旧时的纯真亦占有一席之地。那时的罗马军队由平民士兵组成，每个罗马人都只专注于城邦的荣耀，而奢华享乐的私心尚不为人知。

> 私产不多，公财却很丰裕，
> 彼时城邦，尚是联邦；
> 私家哪有柱廊，

第一章　解读贺拉斯：贺拉斯的魅力

确保独享阴凉。

家宅只准盖草皮屋；
献给诸神的庙宇
才能动用公共开支，
且饰以昂贵的大理石。

即使到了不再需要全力拼搏的年纪，贺拉斯依旧在偏远宁静的乡村里寻觅因目标专注和忠于职守才有的那份心安理得。远离忙碌事务的人是有福的，就像用自己的牛去耕种祖田的太初之人！贺拉斯热切地渴望得到这份礼物，因为他冷静的眼光使他确信，这是所有美德当中离幸福生活最近的。

幸福之源

至此，我们已经抵达贺拉斯哲学的核心，手握着钥匙，准备打开那个存放着他的传世思想的秘盒。在现实生活中，人们向幸福的城堡发起猛攻，仿佛它是可以用暴力去夺取的外在物质。贺拉斯把幸福的城堡放在自己心间。这颗心乃是所有欢乐和悲伤，所有财富和贫穷的源头。幸福不是从身外，而是从内心获取的。人并不创造他的世界，他就是他自己的世界。

人们以数不胜数的错误方式疯狂地追求着内心的宁静，却对近在眼前的正确方式视而不见。旁观者若看到他们敛财时的狂热，或许会以为幸福就等同于财富。然而，财富与幸福既非同一件事，也非彼此相当。这两者或许毫无关联。金钱本身的确不是邪恶之物，但它不过是一种谋生手段，除此之外并非必不可少。穷人可以很开心，富人即使财富堆积如山仍可能贫瘠，一个人的财富不在于他拥有多少东西。那些懂得如何善用神的恩惠的人，那些安贫乐道之人，那些害怕无耻之行更甚于死亡的人，才更配称为富有的人。

真正的幸福在于内心的平和宁静。这是人人都渴望，人人都祈求的——受困于爱琴海风暴中的水手，狂怒的色雷斯人和背负箭筒的麦迪人，无不如此。然而内心的平静是买不来的，无论是用宝石、王权、黄金还是恩宠，都买不到它。这世上不是所有的外在之物都能帮上那些只靠这些外物过活的人。

无尽的宝藏或执政官威风的仪仗

第一章　解读贺拉斯：贺拉斯的魅力

都无法把可恶的喧嚣从困顿的大脑中驱逐，

满腹愁绪引出叹息连连，

无眠的双眼在焦躁的天花板上浮悬。

心灵的平静也不是换个地方就能追求得到、把握得住，或发现得了的。就算逃到更温暖的地方又有何用？流亡者如何逃避他自身？灵魂一旦出错，就绝无可能摆脱束缚。逃亡者不过是从一片天空逃到另一片天空之下：

他们匆匆越洋过海，

换过几片天空，自身一无所改。

人们追寻的幸福就在他们自己身上。只要他们保有正确的心态，幸福在大城市和拉丁草原的小屋里都一样容易被找到。

但是，怎样确保心态平和呢？

自始至终，追寻幸福者一定要认清，不幸福是某种奴役的结果，而这种奴役反过来又是欲望的产物。一个样样贪恋的人是不愿放手的。欲望会限制他的自由。唯一的安全感来自抗拒所有激情的束缚。"视而不见，免生贪念，努米修斯（Numicius），这是获得和保持幸福的简单方法。"生活在欲望和恐惧中的人永远无法享受他的财产。充满欲望的人也会深感恐惧，而恐惧的人永远无法成为自由之人。明智之人不会让其欲望成为自己的暴君。金钱是他的奴仆，而不是主人。他会通过克制自己的欲求获得财富。与其把利比亚纳入遥远的加德斯版图，不如以克己之道来主宰更广阔的领地。

穷人，尽管贫穷，却可能比富人更会享受生活。身处陋室之人，可能比皇族显贵享有更多幸福。财富取决于人们想要之物，而非拥有之物。一个人越是否定他的欲求，他得到神赐的礼物就越多。有人或许鄙视财富，反而成为比阿普利亚的大地主更了不起的财主。通过缩紧欲望，他可以扩大其收入，直至胜过富贵华丽的东方。野心大，匮乏也大。神之所赐略显不足的人是幸福的。命运、机遇和自身努力补足了他，无须他求。即便命运之神给他镀上金辉，也不会令他更加幸福，因为金钱不会改变他的本性。对于拥有良好的消化力和肺功能且不患痛风的人来说，富比国王也不会为他增益半分。那些居住在大自然中的人，无论他耕种一百亩地还是一千亩，又有什么区别呢？

第一章 解读贺拉斯：贺拉斯的魅力

贪欲之火不可近，愤怒、情欲、权欲和人心中所有其他形式的欲望亦是如此。让这些欲望臣服于你吧，否则你将会被它们奴役。欲望如同愤怒，是各种疯狂的表现。心生贪婪之人扔掉了生活的盔甲，舍弃了美德的标杆。一旦让人屈服于某种毫无价值的欲望，他会发现自己就像匹马，召唤骑手帮忙把雄鹿从它们共同的饲养场赶出去，结果骑手用嚼子和缰绳将它永远束缚。

因此，贺拉斯不会与权欲、财富、地位，或个人激情纠缠结党。他并非全然不为此所动，他也不因此后悔；但若在45岁的不惑之年继续如此，却是万万不可。他对自己在萨比纳山中的家会很满意，那是他一直梦寐以求的：一方不大的田地，一口活水，一个院落，一片小树林。除了希望仁慈的命运让这些心爱之物永远属于他之外，他别无所求。他会以蚂蚁为榜样，像它那样行事，做个通达睿智之人，一旦拥有之物足够其用就心满意足。他不会涉足公共事务，因为这意味着牺牲宁静的生活——他便不得不随时把大门向访客打开，接受仆人的贴身关照，饲养马匹，购买马车，雇用车夫，成为嫉妒和恶意攻击的目标———一句话，丧失自由，成为卑鄙而沉重的野心的奴隶。

权势的代价太过巨大,非其所愿。贺拉斯祈愿不为空洞的野心所累,不为死亡和愤怒的激情所惧;去嘲笑迷信;要享受每一次生辰之喜;要包容朋友,并随着年纪增长变得更加温和、善良;要能认清所有事物的局限性:

> 要健健康康享受天赐的福恩,
> 要无事烦忧的心灵,坚强无畏;
> 要心情快乐,明智知足;
> 要尊荣长寿,还要歌唱。

第二章

穿越时光的贺拉斯

引 言

解读贺拉斯，我们不得不说这么多。我们的解读集中在他作为一个人所具备的品格：广泛的阅历，敏感的个性，敏捷的反应，善于吸收的能力和擅长表达的天赋，以及他作为文化世界的代表，作为意大利的儿子，作为永远的罗马市民，作为全世界人类家庭一员的具体体现。

现在，让我们讲述贺拉斯与后世的故事，讲他在有生之年深受崇敬；讲他在罗马帝国衰亡、罗马语言和精神衰颓之后，仍享有的盛名和影响；讲他的著作遭遇数百年的冷遇和动荡之后如何被完好无损地保存下来；讲这些作品因人们重新欣喜于心灵的丰盈而再获新生。这些关乎贺拉斯影响力的独特性和作用方式，将为进入最后一章铺平道路。

一 预言家贺拉斯

贺拉斯很了解他本人所具有的诗人品格。他以一个有趣的组合预言了自己的不朽，这其中第一个亦是最大的一个部分的是对其作品所做的客观公正的评价，之后是文学传统，最后也是最小的一部分是温和的自我肯定。

从孩童时起，他便是与众不同的缪斯之子。出生之时，悲剧女神墨尔波墨涅将他收入门下。当他迷失了方向，疲惫而平静地沉睡之时，古代故事中的鸽子用阿普利亚林地里的树叶覆盖他的全身，使他免受四足爬行动物的袭扰，如同天堂里备受呵护的宝贝。附着在他身上的神圣魔力在腓力比溃败中保护了他，把他从萨比纳狼的口中救出，使他从树上坠落时不会摔死，沉船时不会溺亡。不管去向何方，他都身处这魔力的庇佑之下：无论是到拉提姆的那些他喜欢光顾的地方，还是去到凶悍的不列颠人把陌生人敬献给众神的遥远北方；到远东或叙利亚沙漠炙热的沙丘上；到野蛮的西班牙或西锡厄的溪流；到寸草不生的裸露极地；到与火热的太阳近在咫尺的、无人居住的荒漠。他将不再为人类的嫉妒所伤。载着他高高地穿越晴空的鸟翼，绝非稀松平常、柔弱不堪。

第二章 穿越时光的贺拉斯

对他而言，不会有死亡，不会有无人生还的冥河之浪：

> 莫唱哀歌；不要让人们高声哭喊
> 或流露出不合时宜的悲伤和忧郁
> 也不要想念我，我不会真的死去
> 徒留墓穴的虚名。

他真实的自我将永远活在人们心中，在他们的赞美声中不断重生：

> 我那充满力量的韵律比青铜器更恒久
> 比皇家的金字塔更巍峨，
> 我修筑的纪念碑，献给敬爱的人，
> 任凭刺骨的雨，狂烈的风，或穿越无尽岁月的漫漫时光，
> 都不能伤之毫厘。我不会全部死去。
> 坟墓中只有我的身形；
> 对我的赞美将不断累积。
> 只要祭司和沉默的修女

> 在陡峭的卡皮托山坡蜿蜒前行，众口将诉说
> 当奥迪芙斯的湍流咆哮着
> 漫过达努斯统治的焦土之地，
> 谦卑的贺拉斯如何脱颖而出，
> 率先把希腊数字换算成拉丁的度量单位。缪斯！
> 荣耀属于您！因为我将永远属于您！
> 仁慈的墨尔波墨涅，请您听我诉说，
> 并为我戴上德尔斐的桂冠。

假如我们把多少是遵循传统而作的文学预言称为严肃之事的话，那么贺拉斯提到他的诗歌时并不总是这么严肃。众所周知，他总是拒绝接受更高的启示。缪斯女神禁止他创作史诗或赞美奥古斯都和阿格里帕。面对这些宏大主题时，他的天才微不足道。他甚至不会尝试用西门尼底（Simonides）的笔调为一个因手足相残而血流成河的帝国哀叹。他宁愿书写盛大的欢宴，写寻欢作乐的男女如何假模假样地争斗打闹，写金星洞穴中的云雨缠绵。他的里拉琴当是欢乐的，琴拨子是轻快的。

他不仅半开玩笑地否认了自己拥有处理高尚主题的能力，

第二章 穿越时光的贺拉斯

而且随着他年岁渐高,思想渐趋抽象深邃,抒情的兴致或许渐少,还半严肃地将一切所作所为归功于自己坚持不懈的努力。他

> 既没有忒拜城雄鹰满心的
> 骄傲也没有它丰满的羽翼,
> 以至高的权威翱翔在
> 深邃蔚蓝的天宇。

他是那只在花丛中辛勤穿梭的蜜蜂,他是那位真诚坦荡的诗人,只用辛劳和耐心创作诗行。他相信时间的打磨,相信长久的沉淀才能贡献给这世界永不磨灭的诗歌。提到《讽刺诗集》和《书信集》接近口语风格,他声称这两部诗集唯一的灵感源于他有把日常语言变成诗句的习惯和耐心,通过巧妙的组合赋予词汇新的尊严。任何愿意相信这一点的人都不妨尝试一下;他会发现自己不过是徒劳一场。

显然,贺拉斯并非总把自己的灵感视作虚幻缥缈,他也并不总是梦想着通往玄而又玄的永生之路。44岁时,他已经意识到一条更加平淡无奇的道路。他像所有作家都必须做的

那样，观察大众对文学的接受方式，也了解到他的诗歌正在发挥着某些作用。当他发现这是条教育之路的时候，他或许暗自骄傲，但无疑也带着一种充满哲思的妥协，类似不卑不亢的绝望。他用自责的语气，称他的《书信集》急于来这世上撞个大运：

如果先知没有对你的愚昧厌恶至极，那么你将在罗马受到珍视，直到青春的魅力弃你而去。然后，因忙于应付普罗大众而脏污憔悴，你要么默默地以身饲喂社会的蠹虫，要么在尤蒂卡寻求流放，或者被捆绑押送到伊莱尔达。你不曾在意的那个监工会哈哈大笑，就像把他的蠢驴赶上悬崖的那个人一样；谁会费劲去救一个自寻死路的人呢？你或许也曾料想过这样的命运：你在口齿不清的衰老之际，在城镇的偏僻角落里教孩子们读书识字。

二　贺拉斯与古罗马

贺拉斯提到他曾被路人指认为罗马的吟游诗人或桂冠诗人。与此同时，他的讽刺文字招来许多批评，人们说他玩世不恭，为此他不得不进行自我辩护，并最终摆脱人们的嫉

第二章　穿越时光的贺拉斯

恨，获得更大自由。这些都表明他已声名显赫。举世公认的杰出诗人维吉尔和瓦里乌斯，以及他们的朋友普洛修斯·图卡——世上三位最正直善良的人——把贺拉斯引介给梅塞纳斯。贺拉斯不仅获得这位眼光独到的伯乐的赞助，还通过他结识了奥古斯都，这些都证明贺拉斯无论是作为诗人还是常人都极具魅力。他曾献诗给众多高官和杰出文人，并与他们关系良好、彼此尊重，也进一步证实了贺拉斯的个人魅力。甚至维吉尔也有文字显示出他对贺拉斯的著述有着非同寻常的了解，而奥维德和普罗佩提乌斯（Propertius）等人虽然未必与贺拉斯有私交，却也熟读他的诗歌。

如果需要更多地证明贺拉斯的价值，那么他受邀纪念奥古斯都继子德鲁苏（Drusus）和提比略（Tiberius）反击北方大军的英勇事迹，以及受邀歌颂奥古斯都本人那令意大利和罗马帝国永远受益的丰功伟绩都是有力的证据。作为补充证据，在贺拉斯第二部《书信集》出版之前，这位帝王对于自己未曾被这本书提及表示失望。最后，如果贺拉斯的同辈人对于他受到了国内的显贵们——大多为文人和文学赞助者——的推崇还心存疑虑的话，那么在公元前17年，当他受托为当时最盛大的宗教和爱国节日创作《世纪之歌》时，这疑云便消散无踪了。

当人们了解到诗人真诚和独立的个性之后,上述事实会更显深意。如果他感觉到梅塞纳斯赠予他的礼物对他天性所渴求的自由生活有所束缚,他会将礼物归还原主。他谢绝出任皇帝的秘书,并未因此冒犯他的这位准许他自由出入其家宅的尊贵朋友。

但贺拉斯也必须服从来自时间的更公正的裁决。在使他超凡出众的两个创新中,一个是将卢西乌斯粗糙而充满活力的讽刺发扬光大,另一个是让希腊抒情诗形式为罗马服务。这两项革新在贺拉斯离世后的百余年里都产生了重大影响。

贺拉斯对讽刺和书信几乎未加区分,两者都以布道（Sermo）或"谈话"("Talk")来命名,也都更易被后世模仿。虽然在62岁时离世的佩尔西乌斯（Persius）早在27岁时便已熟读贺拉斯的著作,但他缺乏贺拉斯式讽刺中令人愉悦的柔和、亲切和圆熟表达。出现在贺拉斯作品中的讽刺具有持续的攻击性,在佩尔西乌斯处更是有过之无不及;而在尤文纳尔使用图拉真（Trajan）和哈德良（Hadrian）的假名所写的作品中这种攻击性被发挥到极致。对尤文纳尔来说,讽刺是抽打暴击,是恶意的唇枪舌剑。他或许道出了真相,但贺拉斯式讽刺的盈盈笑意已荡然无存。罗马的讽刺路线在尤文纳尔这儿画上了句号，但也为后世永远确定了讽刺的本质。尤文纳尔采用贺拉斯的形式，却以充满道德感的激愤和苦涩取代了贺拉斯作品中洋溢的柔和的满足感和温厚气息，因此成为罗马最后一位同时也是第一位现代讽刺作家。

贺拉斯的《颂诗集》被更多人模仿，却无一能与之媲美。悲剧诗人塞内加（Seneca）的合唱诗从形式到内容无一不令人想到贺拉斯的《颂诗集》，是其影响最明显的例子。但比起塞内卡的例子，公元1世纪下半叶对《颂诗集》的两则评论则更加雄辩有力地印证了贺拉斯抒情诗的影响。尼禄时代的佩特罗尼乌斯（Petronius）谈到了诗人的 *curiosa felicitas*，意思是经过一番搜肠刮肚和仔细推敲，最终找到最准确的词或短语的天赋。昆体良（Quintilian）在《教学论》中对贺拉斯这样总结道："我们的抒情诗人中，贺拉斯是唯一值得一读的。因为他不时会达到真正的高度，用丰富的意象和大胆且令人欣喜的措辞，让愉悦和优雅并存于他的文字中。"现代评论家无非是在此基调上稍做详述而已。

由哈德良的秘书苏埃托尼乌斯所著的《贺拉斯生平》一书包含着另一类证据，或许能更有力地说明诗人的影响力。

我们看到一些伪作开始现身。这位皇家秘书说："我手上有几首据说是贺拉斯创作的挽诗，还有一封散文体书信，据称是他写给梅塞纳斯的自荐信，但我认为两者都是仿写的，因为挽诗很平庸，信也写得含糊不清，而那绝不会是他的问题。"

公元1世纪末基督降世之后的罗马文学是一段灵感泯灭的历史，一段品位下降的历史，一段语言凋敝的历史，一段智趣减退的历史。潜在的衰败从始至终地发生在所有这些现象之下，渐渐地、悄无声息地蔓延开来，终将摧毁古代世界健全的体格。异教徒的书信毫无创意，几乎无一例外地缺乏想象力且枯燥乏味。新宗教的文学开始从时代的废墟中钻出绿芽，它在旧的形式中混杂着新旧事物。

总的来说，贺拉斯不会吸引基督徒或异教徒。基督徒在他优雅的放弃中只会看到绝望的哲学，在他淡淡的幽默中只会看到他恣意地放纵于浮华之世，且无视生命的终极关怀。异教徒难以欣赏其艺术之精妙，其作品中丰富的文学、神话、历史和地理典故，紧凑的表达，成熟深刻的思想都构成了难以跨越的理解障碍。基督徒和异教徒都会更喜欢维吉尔——那个讲述"战争与人"的故事的维吉尔，那个深爱意大利的维吉尔，那个为罗马事迹和命运增光添彩的维吉尔，那个通

第二章　穿越时光的贺拉斯

俗易懂的维吉尔，那个至少部分揭开来世神秘面纱的维吉尔，那个语言近似圣经体、几乎称得上是基督教先知的维吉尔，那个精神世界里的维吉尔，那个予人慰藉的维吉尔。

贺拉斯不会被大众接受。他是少数享受思考过程并能领悟纯熟表达之魅力的人才能欣赏的诗人。塔西佗（Tacitus）和尤文纳尔敬重他，亚历山大·西弗勒斯（Alexander Severus）皇帝闲暇时读他的作品。由一长串代表文学史进程的泛泛之作所构成的目录足以表明，文人所受的教育一般都包含对贺拉斯的了解。那些已故的最伟大的异教徒——4世纪末的奥索尼乌斯（Ausonius）和克劳迪安（Claudian），6世纪初被西奥多里克（Theodoric）迫害的哲学家波爱修斯（Boëthius），同一世纪的编年史家兼罗马帝国执政官卡西奥多罗斯（Cassiodorus）都表明，他们熟读贺拉斯是出于热爱和激情，而不仅仅是为了培养才能。或许可以这么说，越是懂得欣赏贺拉斯的人，便越有可能拥有伟大的灵魂和对文学的由衷热爱。

在基督教文学领域，亦可得出同样的推论。冷静而合乎逻辑地为基督教辩护、以反对异教的米鲁修·菲利克斯（Minucius Felix），怒气冲天的传道士德尔图良（Tertullian），狂热的信徒和殉道者塞浦路斯（Cyprian），修辞学家阿诺比乌斯（Arnobius），没有任何迹象表明这些人熟知贺拉斯，却也不能确切地证明他们不知道也不欣赏贺拉斯。但有着"基督徒中的西塞罗"之称的拉克坦提乌斯（Lactantius），敏感且富于同情心、热切而又易怒的杰罗姆（Jerome），最具原创性和生命力的基督教诗人普鲁登修斯（Prudentius），甚至还有6世纪晚期的主教和旅行家维纳蒂斯·福图内特斯（Venantius Fortunatus），这位当拉丁语还是母语时的最后的基督教诗人，他们都表现出对贺拉斯的熟知，说明他们都热爱贺拉斯。

维纳蒂斯·福图内特斯的名字将我们带到中世纪的边缘。如果有人不愿对那个时代有失公允，因而反对称之为"黑暗时代"的话，他们无论如何都会同意，那个时代对于贺拉斯而言的确黑暗。而他的光芒之所以没有完全消失在笼罩着文学艺术的阴影之中，是因为他的另一个不朽之处，这一点在我们离开古罗马时代之前必须讲到。

到目前为止，在解释贺拉斯何以享有持久的声誉时，我们考虑的只是他对具备才智和品位的个体的吸引力，其所激发的景仰之情是一种自发的、真诚的兴趣。他的声誉的另一

第二章　穿越时光的贺拉斯

个层面则表现出一种并不那么受个人灵感支配的兴趣，尽管它首先仍然由小众精英的热情所引发。贺拉斯对此早有预见，其最初表现或许在贺拉斯的有生之年便已出现。这就是其教科书和评论的流芳百世。

昆体良在其著作《教学论》中对贺拉斯的评价表明，诗人的作品在公元1世纪下半叶已进入学校教材。在接下来这个世纪的前二十五年里，尤文纳尔让我们瞥见罗马学校里的一幅明暗对比强烈的画面：清晨，小男孩们坐在书桌旁，个个都在气味难闻的煤油灯下读着已被灯芯上的煤灰弄脏变色的贺拉斯和维吉尔的课本，

> *所有难闻的煤油灯下，*
>
> *男孩们一动不动，全都变了颜色，*
>
> *贺拉斯和维吉尔被裹在黑黑的煤灰里。*

（VII. 225 ff.）

学校教学用到这位诗人的作品，说明热爱知识的人与热爱文学的人一样，都在忙着阅读贺拉斯。贺拉斯作品的第一个评述版早在尼禄时代已由马库斯·瓦莱里·普洛布斯

（Marcus Valerius Probus）编辑问世。普洛布斯是一个土生土长的贝来图斯人，即现代贝鲁特人，对军旅生涯感到失望后，转而收集、研究和编撰拉丁语作者的作品，这些人除了贺拉斯还有维吉尔、卢克莱修、佩尔西乌斯和特伦斯（Terence）。他会仔细比较手稿、校订稿及标点，加上说明性的及赏析性的注释，并以作者介绍为序。这一方法为他赢得了最博学的罗马文人的美誉。很大程度上，贺拉斯文本的传统延续如此之好正是因为他的努力。

贺拉斯还有许多其他的评论家和解读者，但他们中不少人的名字和作品都已消失。其中莫德斯特斯（Modestus）和克拉纳努斯（Claranus）是两个或许在普洛布斯之后不久出现、至今仍留存的名字。正如我们所见，苏埃托尼乌斯著有诗人《生平》一书，尽管这本书中的所有内容无一不在贺拉斯自己的作品中可以找到。在哈德良时代，还有昆塔斯·特伦斯·斯考卢斯（Quintus Terentius Scaurus）编撰的作品集，共十部，五部《颂诗集》和《长短句集》，及五部《讽刺诗集》和《书信集》，《诗艺》单独出一部。在公元2世纪末或3世纪初，赫勒纽斯·阿克罗（Helenius Acro）评论了特伦斯的某些戏剧和贺拉斯的诗歌，尤其关注到后者中出现的热门话题人物。不久之后，彭波尼·波皮里昂（Pomponius Porphyrio）的评论问世，起初其评论与贺拉斯的文本一起出版，之后则分开出版。在最初的三百年里产生的所有评论中，只有波皮里昂的评论在经历数次修订后大致保持了原文的特点和数量。阿克罗的评论被其他人的评论覆盖，直至丧失其特性。波皮里昂的目的在于通过阐明结构和意义来突出诗意之美，而不是对主题进行学术性阐述。

最后，在公元527年，执政官维提乌斯·阿格里乌斯·巴西利乌斯·马沃提乌斯（Vettius Agorius Basilius Mavortius）与一个名为菲利克斯（Felix）的人合作，重新修订了至少《颂诗集》和《长短句集》的文本，可能还有《讽刺诗集》和《书信集》。波皮里昂和马沃提乌斯之间还有许多其他版本的评论，这一点毫无疑问。

回顾这些零散但一致的证据足以证明，贺拉斯对于古罗马知识界和文学界的领袖有着牢固的影响力。对于那些抱着旧秩序不放的异教徒来说，他比其他任何人，或者除了维吉尔之外的任何人，都更能代表一个辉煌过往的所有理想，因此也为衰落的当下提供了某种灵感。他把艺术和人性的魔力施与那些对文学着迷的人，无论是异教徒还是基督徒，同时也施与那些乐于对人类展开思索的人。直接从贺拉斯那里接过火把的人或许寥寥无几，但他们属于传递火种的人。

　　贺拉斯对罗马社会的整体影响力随着时间的流逝在学童中代代相传，其深度与广度无法估量。然而，人们或许可以部分地理解这一影响力，从自己作为学生和老师的经验中意识到，富于道德感和爱国主义的文学作品能影响正在成长中的敏感心灵；那些对古罗马的文学教学所产生的更深层次的影响进行反思的人也能理解，因为古罗马人把荷马、维吉尔、贺拉斯的任何一部作品都当作规训工具，内容广泛且多样，以至于它本身就是一种教育。

三　贺拉斯与中世纪

　　并不存在这样一条精确划分古罗马和中世纪罗马的时间线。假如真有这条时间线，无论我们在记录公元527年由马沃提乌斯下令建造的贺拉斯式房屋最后一处真正的罗马场景时，还是在提及最后一位拉丁语基督教诗人维纳蒂斯·福图内特斯时，恐怕都已经跨过它了。人们通常把公元476年作为西罗马帝国灭亡的时间，不过是为了方便标记。事实上在此之前

第二章　穿越时光的贺拉斯

很久便已出现了一支由越来越多非意大利人的北方士兵组成的军队，其时，帝国事务的频繁干预最后以一场具有侵略性质、志在永久夺取民事和军事政权的兵变或叛乱告终。奥多亚塞（Odoacer）的到来是罗马和意大利衰败过程中的最后阶段，表明除非注入北方血液，否则生活难以持续。

军事和政治的变化本身是深层弊病的外在表现。奥古斯都及其能干贤良的继任者们过于官僚化，而无能无德却又疯狂固执的人把权威变成了暴政，这两件事消除了那曾经让罗马强大的公民责任感；用提高税费与核定估值，以及提高与个人贡献挂钩的强制性荣誉的办法，来取代责任与特权，其结果便是让罗马帝国的市民生活不堪重负，直至彻底坍塌。尤其是在意大利，古罗马的火种正渐渐熄灭。在经济和社会运动的影响下，旧时代的留存或消亡殆尽，或面目全非。旧时的语言除了尚存于少数人的口中和笔下，正迅速地丧失其特色。迷茫无措，无动于衷，停滞不前，身心疲惫，阴郁的无奈与绝望，忘记往日艺术的辉煌，甚至忘记曾经引以为傲的英雄气概，这些是旧秩序的最后一代人所继承的遗产。杰罗姆感觉到野蛮在迫近：*Romanus orbis ruit*，他说——罗马帝国正一败涂地。

一定程度上，在异教的罗马活力渐失之际，由一种新的宗教和新的血液分别形成的两种新的生命潮流逐渐渗透到这了无生气的衰朽之物中。它们自公元1世纪北方人来到意大利之后，带来的变化既非突发也非极速，而且这一变化并不总是带来明显的美德的提升。军队和贸易活动中外族人的混杂，北方军队对皇家事务的干涉，一度籍籍无名的穷人——无论是本地人还是外族人——发家致富并有了更高的社会地位，由此带来更平和却也更亲密的人口融合，这些变化或许为贫血的社会贡献了新鲜血液，但最显而易见同时也最令人不安的结果是道德水准的下滑，以及随着剧烈的、突如其来的，或仅仅是陌生的变化自然而来的恐惧。新的宗教或许可以提供新的希望，建立新的道德规范，但它也带来了夸大其词、矛盾冲突以及新的不确定性。理性的生活开始被感性的生活取代。

罗马帝国的轰然倒塌所带来的时代变革及此后经久的动荡，既不利于文学创作也不利于享受文学遗产。哥特、拜占庭、伦巴第、法兰克、日耳曼、萨拉森以及诺曼，它们的文化在意大利的土地上自由驰骋。人们或许不缺闲暇，但缺少平静沉思的悠闲；他们还缺少吸收和创作艺术必不可少的活

第二章　穿越时光的贺拉斯

泼自由的心态。愚昧降临人间，黑暗笼罩着世人。古典作家是坚实可靠的，滋养着充满活力的头脑。他们的语言从来就不是普通民众和未受完整教育之人的肤浅用语，如今更是拒人于千里之外，让普罗大众深感陌生。其句法陈旧而奇怪，韵律已被遗忘。其主旨从来就可能被轻易掌握，现在不仅难解而且变成了另一个民族和另一个时代的深奥问题。除了少数教养良好之人，人们根本不知道它们究竟是什么。那是预言基督降临的神秘先知维吉尔及亡灵巫师维吉尔的时代。真正的知识退避到秘密而隐蔽的保护地。

如果古典作家通常都不被人理解，也不被人喜爱，那么贺拉斯尤其如此。他比维吉尔多些理智，少些感性；他所用的格律形式基本上不为大众所知，也难以被他们欣赏；他遵从个人内心，而非从属于民族或种族群体；作为诗人，他只属于这个世界，绝不属于下一个世界；如此，他几乎从人们的生活中彻底消失便不足为奇。

然而，古典作品并没有完全失落，甚至贺拉斯也没有消亡。说来奇怪，但其实并不奇怪，对他的影响力最强劲有效的破坏力，也是保持其影响力最有效的工具。贺拉斯穿越了西罗马帝国衰落后九百年的黑暗和风暴，在教会的羽翼庇护下安然无恙。

基督教以教导人与世界绝对分离为起点，并通过德尔图良之流宣称，基督的血是唯一所需。而异教徒的文学和其他所有艺术，连同异教的礼仪，都因与其宗教密不可分而统统令人憎恶，这自然是一种夸大其词。贺拉斯自然比维吉尔更可能被基督教所忽视，也更可能成为它仇视的对象。贺拉斯的作品具有精神内涵；他是最彻底的异教诗人。他唯一看重的不朽是声名的不朽。除此之外，人的终结不过是尘埃与阴影。

事实上，他内心并不认同德谟克利特、伊壁鸠鲁和卢克莱修所说的"尘归尘，土归土"既指灵魂也指肉体。古罗马人与祖先交流的本能在他身上过于强烈，使他难以接受他们的观点。但他默认了他们的教义，因为另一个世界的隐约存在并没有给他带来愉快的希望。他丝毫没有表现出对超自然的信仰，这种信仰在基督教那里表现为对幸福永生的希望。他在诗歌中完全没有表达与神沟通的渴望，或面对永恒时的自卑，这些都属于基督教诗歌。他的缪斯女神很少将他带入神圣的爱与天意的王国。他的愿望只关乎现世的福报：忠诚的友谊，持久不懈的勇气，无可指责的爱国主义——简而言

第二章　穿越时光的贺拉斯

之，就是理想的人际关系。

贺拉斯的理想主义不是基督教的理想主义，甚至只在某些有限的方面称得上是一种精神上的理想主义。他的祈祷更多是为了他人而不是为了他自己，且只是为了世俗的幸福：为了奥古斯都对内治理和对外征战都取得成功，为了梅塞纳斯幸福长寿，为了国家的福祉，为了他那不大的羊群多添几只羊羔，为了身体的健康和心灵的满足。他的居所不在上帝的隐秘之处。他的避难所和堡垒是哲学，而不是宗教。他的信仰是哲学，而不是上帝。

总而言之，贺拉斯是一个讲求逻辑、自立自足的人。他看不到此生之后幸福的未来；他意识到没有天意眷顾他，也就不对永恒世界里的诸多存在承担任何义务。他直视今生和来世、神和人，并且希望其他人也这样做。生活及其责任对他而言泾渭分明。他不提出问题，也不探究隐秘的意图。他几乎完全没有基督教和其他人道主义思想与情感模式所具有的狂热的渴望和躁动，这种热切和不安是现代近期最为人所知的特征之一，如基督教初始期那样。

但基督教是属于人的宗教，因此是有人情味的。如果它的夸张是自然的，那它的保守和反对也是自然的。仍然有人不断地被维吉尔和贺拉斯唤起心中的景仰和热爱。一些人在理智和本能的驱使下，利用古典作家和古典艺术为新的宗教服务。基督教既没有独特和独立的表达工具，也没有独立的知识体系足以结出教育硕果。异教徒的艺术和文学不论对于历史研究还是对于单纯的人性研究而言都是不可或缺的。因此，基督教被迫采用旧的艺术形式，也包括使用旧的文学教育手段。当异教在基督教的一再攻击下最终一蹶不振时，曾经被迫使用的东西成为一个可选项，古典作品被纳入教会的保护之下，获得正式认可。

关于贺拉斯在中世纪的资料很少，但是清晰明了。我们无须一一审视便可得出结论。

僧侣思想起源于东方，经由杰罗姆在西方传播扩散。公元527年，大概是马沃提乌斯修订贺拉斯作品的时间，本尼迪克特（Benedict）首先将这一思想简化为系统的修行，在卡西诺山首创了规章制度。来自修道院的新的道德力量迅速崛起。卡西奥多罗斯尤为积极地推动僧侣隐修的精神层面，同时也关注理性生活。位于那不勒斯和罗马之间的卡西诺山，以及半岛北部的博比奥，是伟大的意大利的中心。本笃会的影响蔓延至爱尔兰，到公元6世纪末之前，爱尔兰成为这场运动的据点，并且激励了英德法诸国，甚至意大利，那里的博比奥修道院就是由科伦班（Columban）和他的同伴建立的。瑞士的圣加尔，位于黑森－拿骚的赫斯费尔德的富尔达，萨克森的科维，苏格兰的伊奥纳岛，法国的图尔斯，康斯坦斯湖上的赖兴瑙修道院岛，都是本尼迪克特逝世后两百年内活跃的宗教和学术中心。

这些地方的修道院不仅为精神狂热者提供了远离充满诱惑和风暴的世界的机会，而且同样吸引着以理性生活为首要追求的人们。学者和教育者们发现，在修道院的围墙内他们不仅可以逃避政治变革和军事暴乱，平安度日，而且还有机会在他们最喜欢的职业中无忧无虑地从事着有益的劳作。修道院变成了基督教学院。两百年后，查理曼（Charlemagne）在更大范围内效仿了卡西奥多罗斯。修道院和宫廷都建立了学校，学者们被召集起来，抄写古代手稿，研究异教徒的古代生活；这些研究进一步加强了古今语言与文化之间的联系。北方统治者在6世纪时开始禁止意大利本地人担任公职，旧体制的学校就此消失。理性生活的巨大进步为中世纪所有文化事业奠定了基础。

这一进步很大程度上归功于手抄本对书稿的保存。就贺拉斯的书稿而言，法国的保护工作做得最出色。查理曼的抄书吏的手抄本可以追溯到马沃提乌斯和波皮里昂那里，它们的原件可能是学者们在博比奥修道院发现的。在现存的250份手稿中，大部分原文是法文，最古老的是出自奥尔良附近的、公元9世纪或10世纪的伯南西斯（the Bernensis）评注本。德国在这方面比法国稍逊一筹。在15世纪的人文主义运动中，德法两国修道院图书馆的发现尤其丰富。相反，意大利保存的本国诗人手稿很少，也没有一本是真正古老的。意大利率先开展声势浩大的修道院运动，但混乱和变革阻碍了文化的传播。查理曼所做的努力可能与意大利关系不大。罗马教廷似乎无意保护本土的古老文化。

如果没有其他类型的证据，那么以上这些对于诗人所获得的实际认可意味着什么，也就不甚明了了。至6世纪末，人们对贺拉斯的认识已然模糊不清。在非洲、西班牙或高卢，没有人阅读他。在意大利，查理曼之前的人们一直读他，而一百年后，他的作品在最伟大的学术中心之一博比奥的目录中却查找不到。教会领导层对他的大致态度可以从伟大的格列高利教皇（Gregory the Great）反对一切书写之美的声明中推测出来，教会高层对贺拉斯总体的理解力或许也可以从与

第二章 穿越时光的贺拉斯

教皇同时代的图尔斯的格列高利（Gregory of Tours）的自述中推测出来，后者坦言自己并不熟悉古代的文学语言。帝国晚期为数不多的读者变得更少了。《颂诗集》的形式和内容艰涩，且无法用于宗教和道德教化，因而除个别学者或文学爱好者之外，它们无法获得其他人的认可。《书信集》中的道德说教更容易被人接受，成为自行流传的各种《摘录集》(*the Florilegia*)的最大贡献者。贺拉斯没写过奥维德那些轻松刺激的故事；他不像维吉尔那样几乎算是个基督徒，还那么擅长讲故事。他的诗行并不悦耳动听；他不像卢坎（Lucan）是修辞的典范；他的讽刺也不像尤文纳尔的那样能用来谴责异教。

8世纪时，科伦班了解了贺拉斯，可敬的比德（the Venerable Bede）引用他四次，阿尔昆（Alcuin）被称为"弗拉库斯"[1]。阿尔昆的约克目录囊括了大多数古典作家。执事保罗（Paul the Deacon）用他从贺拉斯那里学来的萨福诗体写了一首诗，他说他被人比作荷马、弗拉库斯和维吉尔，但转而无

---

[1] 昆图斯·贺拉斯·弗拉库斯（Quintus Horatius Flaccus），贺拉斯的拉丁文全名。——译者

情无义地补充道,"像那样的人,我要把他们比作狗。"在西班牙,塞尔维亚的圣伊西多尔(Saint Isidore of Seville)7世纪时就熟知贺拉斯,尽管伊西多尔的法规和其他一些僧侣立法者的法规一样,禁止未经特别许可擅自使用异教徒作者;然而,8世纪阿拉伯人的到来,加之基督教和伊斯兰文明之间的斗争,导致诗人此后六七个世纪里似乎被彻底遗忘了。

9世纪和10世纪时,在加洛林王朝的推动下,从罗马时代末期至此便没有容纳过贺拉斯的法国成为最大的手稿保存中心,伯南西斯评注本和六部巴黎汇编本便出自这一时期。然而,圣加尔、赖兴瑙修道院和博比奥的索引中没有包含贺拉斯的作品名称,只有纳韦尔(Nevers)和勒施(Loesch)的索引包含他的全部作品。公元940年,出现在图尔的动物史诗《逃脱的被俘者》(*Ecbasis Captivi*)中有五分之一的诗句是从贺拉斯的诗歌中摘录或拼凑而成的。大约在同一时期,著名的甘德海姆的赫罗斯维塔(Hrosvitha of Gandersheim)以特伦斯的戏剧为范本,创作了六部基督教戏剧,并在其中引用了贺拉斯。施派尔的沃尔特(Walter of Speyer)提及贺拉斯,泰戈尔西湖上活跃的修道院也对他表示兴趣,这些都是同一时期的事。10世纪有时被称为拉丁文艺复兴时期,属于奥托诸帝（the Ottos）统治时期，其中奥托一世于962年在罗马加冕称帝，被称为"大帝"，他在宫廷里欢迎学者并竭尽全力推进学术。

11世纪时，这种对知识的兴趣依然还在。巴黎成为热情高涨的知识中心，同样备受瞩目的还有兰斯、奥尔良和弗勒里。《巴黎法典》（*Codex Parisinus*）属于这一时期。德国亦十分活跃，为了向教会输送人才，他们尤其重视男童教育。意大利有一个目录提到以德西迪里厄斯（Desiderius）之名抄写的一部贺拉斯作品。彼得·达米安（Peter Damian）是彼时意大利学识最渊博的人，但那是个知识停滞不前的时代。教皇们忙于与帝王争权夺利，那是属于格列高利七世与卡诺萨城堡的世纪。

12世纪出现了霍亨斯陶芬家族（the Hohenstaufen）与意大利城市的斗争，以及由公社的兴起和意大利的分裂引发的混乱和骚动。仅有一份目录显示有一部贺拉斯作品，还有一份出自那个年代的贺拉斯作品的手抄本。与德法两国在查理曼王国中联合的方式相似，英国与法国在诺曼征服下团结在一起。这是罗杰·培根（Roger Bacon）的世纪。这是十字军东征和骑士团的时代，尤其是在德国、英国和法国。这是一个文化在普通民众中传播的时代。在法国，这是克吕尼（Cluny）修道院的时代，也是阿卜拉（Abelard）的时代。教育和旅行成为一种风尚。那个时代有教养的人把熟悉贺拉斯视作理所当然。《书信集》与《讽刺诗集》比《颂诗集》更受欢迎。12世纪共收录了出自前两者的520处引文，以及出自后者的77处引文。

13世纪标志着理性生活的衰落。十字军东征耗尽了时代的能量，并削弱了它对文学的兴趣。德国的统治者与意大利的教会都投入到教皇与皇帝之间的霸权争斗中。经院哲学遮蔽了人文主义。查理曼的人文主义传统已经消亡，博韦的文森特（Vincent of Beauvais）和《史观》（*Speculum Historiale*）代表了知识分子的理想。贺拉斯从意大利的编目中彻底消失。法国的手抄本马虎潦草，评论和注释也很粗糙。衰退将持续到文艺复兴时期才终止。

千万不要忘记，在所有这些对贺拉斯零零散散、忽隐忽现的关注中，学校教育是始终不变的核心。毫无疑问，他最初被用于教学目的是在加洛林修道院的学校里，后来则是在随教育精神的有力传播而独立存在的世俗学校中。据说格伯特，即11世纪初离世的教皇西尔维斯特二世（Sylvester II），

第二章　穿越时光的贺拉斯

在学校时就翻译过贺拉斯。这是贺拉斯被用于学校教育的最古老的直接证据，但是其他的证据也可以在中世纪那些全部适合学校教学的评注中看到，也可以在那些用母语写的边注中看到。

13、14世纪人文研究的衰落也意味着人们对贺拉斯的兴趣减弱。毕竟，他一直是小众精英们的诗人。13世纪初的意大利，只在博洛尼亚和罗马能学习拉丁语，且仅仅作为研究民法和教会法所必需的基础教育。从英国来到意大利的维内索的高弗里德（Gaufried of Vinesaux）写了一本《迪克塔米尼艺术》（*Ars Dictaminis*）和一本《新诗》（*Poietria Nova*），让人想起贺拉斯；他是仅有的两三个既关注语言也关注文学的拉丁语教师之一。科鲁乔·萨卢塔蒂（Coluccio Salutati）在1370年时想买一本贺拉斯的书，但显然没法找到。只有知识的复兴才会阻止人们对贺拉斯兴趣的减退。

这场回到古典作家及古典文明的思想运动是名副其实的复兴。新纪元的辉煌与罗马最鼎盛、最繁荣时期以来的几千年相比，足以让中世纪文化最灿烂的日子黯然失色。尽管贺拉斯在旧的生活中并没有完全丧失其对于整个社会和个人心灵的积极影响，但他此时要进入的新生活是如此热情且充实，旧生活便似乎确实如同一个漫长的死亡，等待复活之后迈入新的天地。

四　贺拉斯与现代：贺拉斯再生

《埃涅阿斯纪》的民族性格使维吉尔比贺拉斯在古罗马时代更受欢迎。在中世纪，他作为一个擅长讲故事又富有同情心的诗人，加上他招魂师和先知的名声，受到的青睐更加明显。这个阶段的最初几个世纪里，人们由于无知，不能理解那个运用逻辑思维的、理性的、难懂的贺拉斯，而之后几个世纪，宗教和知识的图式化又使人们难以被豁达洒脱又个性化的贺拉斯吸引。

随着文艺复兴及其理性生活的总体加快，尤其是它建立在个性和个人主义之上的价值观，诗人的地位发生了逆转。一个不可否认的事实是，在随后的四百年里，贺拉斯取代维吉尔成为最能代表人文主义思想的拉丁诗人。

这并不是说贺拉斯比维吉尔更伟大，或者说他也同样伟大。维吉尔仍是那个以庄严行动和金色叙事著称的诗人，那个风格宏大的诗人。由于他更容易被理解，仍然受到年轻人

第二章　穿越时光的贺拉斯

的喜爱，有着更广泛的读者群。随着新时代的到来，人们在文学欣赏方面对维吉尔的敬重有增无减。

更恰当的说法是：贺拉斯终于完全进入了自己的状态。这不是因为他变了。他没有改变，是时代变了。智力上的怠惰和矫揉造作在人们与贺拉斯之间树立的障碍消失了，人们可以逐渐走近贺拉斯。对那些热衷于幻想的人以及那些醉心于诗歌音乐性的人，维吉尔丝毫没有丧失其吸引力，但贺拉斯的优点——他在遣词造句上的独到性，他对人类心灵的深刻理解——也被发掘出来。维吉尔依旧是老少咸宜的诗人，贺拉斯则适合思想更为成熟深刻的读者。维吉尔依旧受人仰慕，贺拉斯则成了朋友。维吉尔仍是向导，贺拉斯则是同伴。奥利弗·温德尔·霍姆斯（Oliver Wendell Holmes）说："维吉尔一直以来都是令人敬慕到几乎崇拜的对象，但他通常都被供在书架上，而贺拉斯则被放在学生的书桌上，就在手边。"

要在有限的篇幅内展示出贺拉斯对现代文学及生活产生了何种影响以及多大程度的影响，最好通过一个简短的历史回顾，没有必要也不可能展开详尽的叙述。从意大利开始回顾再合适不过。

意大利

无论在其他地方或是意大利，贺拉斯并没有随着文艺复兴的到来立即崭露头角。正如人们所料，本质上属于史诗和中世纪的但丁在维吉尔而不是贺拉斯身上找到了灵感，尽管他熟知《诗艺》，并不止一次引用它为文体权威。"这就是我们的大师贺拉斯所教导的，"他写道，"他在《诗艺》的开头便说：'选择一个主题，等等。'"但丁对于贺拉斯的并不完整的印象，可以从《神曲》里提到他的一行诗中看出来：

来的另一位是讽刺作家贺拉斯。

彼特拉克（Petrarch）的情况有所不同。这位率先从混沌不清的中世纪精神中脱颖而出的伟大人物，是第一个真正理解经典也理解贺拉斯的现代人，他给予贺拉斯的公正评价比后世许多代所给予的都要多。他于1347年11月28日获得了贺拉斯作品的手抄本，便一直随身珍藏，直到1374年7月18日这位年届七十的可敬的诗人和学者在书堆中离世。尽管他也喜欢维吉尔、西塞罗和塞内加，但他对贺拉斯尤其熟悉和喜爱，在他所有的作品中都提到过贺拉斯，他的人生哲学也受益于贺拉斯。即便在他最伟大、最具独创性的作品《歌集》（*Canzoniere*）中，也不无贺拉斯的印记；尽管这些印记在书中并不多见，且极具个性，但恰恰说明彼特拉克对贺拉斯的熟悉不是假装的，而是建立在对诗人的真正理解和吸收之上。 108
他给贺拉斯的信这样开头：

> 致敬！抒情之王，
> 致敬！意大利的骄傲与珍宝；

在叙述了诗人的优秀品质，并称其为向导、老师和主人之后，他最后说道：

> 如此伟大的爱，把我与你联结在一起；
> 你的游吟低唱充满了我的心房。

但火炬手彼特拉克远远领先于他的后继者，他的火光在他们到达之前已几乎熄灭。直到15世纪中晚期，众多模仿者、译者、改编者、戏仿者、评论者、编辑和出版商才开始不断涌现，一直延续至今。在所有国家里，现代拉丁诗人都是最早的一批译者，但很快他们就被本族语的译者赶超。德国的爱德华·斯坦普林格（Eduard Stemplinger）在他1906年出版的《文艺复兴以来的贺拉斯抒情诗》（*Life of the Horatian Lyric Since the Renaissance*）中，提及贺拉斯的《颂诗集》有90个完整的英文译本、70个德文译本、100个法文译本和48个意大利文译本。有些是散文体，有些甚至是方言。贺拉斯被弄得像法国勃艮第人、德国柏林人，甚至勃拉特的德国人。所有这些尝试都是为了将贺拉斯注入现代生活的血脉之中。对于这些译者而言，坚信这位古代诗人的生命力是非常重要的。古典作家中，没有哪位像贺拉斯那样被如此频繁地翻译过。

正如我们所见，彼特拉克对于贺拉斯的理解和鉴赏领先了现代世界一个世纪。1470年，也就是这位桂冠诗人离世九十六年之后，意大利出版了贺拉斯的第一个印刷版本，也是全世界第一个印刷版本。随后在1474年出现了阿克罗笔记的印刷版，这些注释自公元3世纪起便不断增长汇聚，至此已形成一个体量比最初大许多的评论集。1476年出版了第一部同时包含文本与注释的贺拉斯文集，注释集合了阿克罗版和波皮里昂版。1482年出版了兰迪努斯（Landinus）的笔记，这是现代人文主义者所做的第一部贺拉斯评论集。兰迪

第二章　穿越时光的贺拉斯

努斯用波利蒂安（Politian）的一首拉丁语诗作为开头，波利蒂安和洛伦佐·戴·美第奇（Lorenzo dei Medici）一样算得上是品位风向标，在1500年写下了他自己的贺拉斯。曼奇内利（Mancinelli）和当时其他许多学者一样，在公开场合朗诵和解读贺拉斯和其他经典作品。1492年，他为贺拉斯著名的拥趸彭波尼·莱图斯（Pomponius Laetus）献上了《颂诗集》《长短句集》和《世纪之歌》合集。在这个版本中他成功地整合了阿克罗、波皮里昂、兰迪努斯以及他本人的评论，使之成为延续百年的最权威的贺拉斯版本。1470年到1500年，意大利出现了至少44个贺拉斯版本，法国有4个，德国有10个左右。1490年到1500年，仅在威尼斯就出版了13个含有文本和由所谓的"四巨头"[1]做评论的版本。著名的奥尔丁版本在1501年问世。除了威尼斯、佛罗伦萨和罗马之外，费拉拉也很早成为贺拉斯研究重镇。莱昂纳尔·德埃斯特（Lionel d'Este）和加里尼家族（the Guarini）为成为阿里奥斯托（Ariosto）和塔索（Tasso）的更杰出的（不那么学究的）门徒做准备。那

---

[1] "四巨头"（The Great Four）指阿克罗、波皮里昂、兰迪努斯和曼奇内利四位重要的贺拉斯研究者。——译者

不勒斯和南部则几乎没有什么行动。

大体而言，15世纪后期是手稿发掘、评论和出版的时代；16世纪是翻译、模仿，雄心勃勃地试图在古人的地盘上与他们抗衡的时期；17世纪和18世纪是学术批评的年代，产生了众多评论和改写本以及对翻译理论的大量讨论；19世纪是科学修订和重建的世纪。意大利在19世纪的运动中参与度较小。在意大利数几百年来产生的翻译家中，必须提到路德维科·多切尔（Ludovico Dolce），他对《讽刺诗集》和《书信集》的出色译文产自16世纪早期；17世纪上半叶，西皮奥尼·庞萨（Scipione Ponsa）用意大利八行诗体忠实翻译了《诗艺》；17世纪下半叶，贺拉斯的忠实爱好者博尔基亚内里（Borgianelli）出版了精彩的贺拉斯全集；威尼斯人阿布利亚尼（Abriani）遵循原诗的音步翻译的《颂诗集》全文是此类译本最早的成果，这一出色的表现使它在贺拉斯珍稀本中占有一席之地。文学评论家中，值得一提的有格拉维纳（Gravina），他的《德拉·拉吉涅诗学》（*Della Ragione Poetica*）于1716年在那不勒斯出版，富有学识，新见迭出；帕多瓦的沃尔皮（Volpi of Padua）写了一篇关于《讽刺诗集》的论文，富有成效地讨论了卢西乌斯、贺拉斯、尤文纳尔和

第二章　穿越时光的贺拉斯

佩尔西乌斯的优点；他们的追随者，威尼斯人阿尔加罗蒂（Algarotti）和罗韦雷多的凡内蒂（Vannetti of Roveredo），把贺拉斯批评推向了顶峰。

如果我们把目光投向学术研究和学术模仿的领域之外，试图看清贺拉斯在实际文学创作中的作用，我们将面临这样一个难题：如何判断模仿和改编不再是刻意和非自然的，而是开始显现足够的个性化和独立性，具备了独树一帜的特征。如果我们要在此列举出这样一些作家的话，他们明显受贺拉斯的教诲或启发，同时也明显表现出现代意大利人的风格，我们至少可以注意到下列名字，如已经提到过的彼特拉克；著名的红衣主教本博（Bembo），他的理想——"深刻且少许"的写作，正体现了贺拉斯的特点；阿里奥斯托，他的讽刺作品融入了贺拉斯的精神，在向其兄弟亚历山德罗（Alessandro）抱怨他的赞助人红衣主教希波吕托·德埃斯特（Hippolyto d'Este）的态度时，他背诵了狐狸与黄鼠狼的故事，把它们改成了驴和老鼠的故事；萨沃纳的基亚布雷拉（Chiabrera of Savona），他写的讽刺诗充满了贺拉斯的典故，贯穿了贺拉斯的精神，以至于在利奥帕迪（Leopardi）看来，如果基亚布雷拉生活在另一个时代，他将会是第二个贺拉斯；

费拉拉的泰斯蒂（Testi of Ferrara），他被阿里奥斯托对贺拉斯的热情深深打动，从现代精神转向古典精神；米兰的帕里尼（Parini of Milan），他的诗歌《阿拉穆萨》（*Alla Musa*）在精神实质和措辞表达上都有贺拉斯的特点；利奥帕迪，《诗艺》的戏仿者；普拉蒂（Prati），他把《长短句集II》改为《海吉娅之歌》（*Song of Hygieia*）；以及卡尔杜齐，他有意识地借助贺拉斯的音步，让意大利过去的伟大成就在当下发挥作用，尽管他对贺拉斯音步的使用有些拘谨。或许还要加上伯纳多·塔索（Bernardo Tasso）和托夸托·塔索的名字。

要说全世界对意大利音乐的感激在某种程度上归功于贺拉斯的诗，这也未尝不可。中世纪出现的《颂诗集》的伴奏音乐仅仅是僧侣的发明，还是真正的来自古代的贺拉斯音乐，这是个很难回答的问题；但文艺复兴时期贺拉斯的诗歌被谱成曲，的确产生了影响。1507年，特利托尼乌斯（Tritonius）为贺拉斯和其他诗人的22个不同音步创作了四部和声。1526年，迈克尔进行了同样的努力。1534年，塞弗尔（Senfl）对特利托尼乌斯年轻时的作品进行音乐改编。所有这些都是为了学校的教学目的。随着意大利歌剧的兴起，这些缺乏音乐标准且绝对服从于诗歌要求的作品也走到了尽头。我们有理由怀疑，在把古诗与音乐结合起来的早期尝试中，已初露音乐剧的端倪。

法　国

贺拉斯的大部分手稿保存在法国，这里也是第一个翻译《颂诗集》的国家。1541年和1545年，格兰迪坎和佩尔蒂埃分别出版了《诗艺》的法文译本，产生了重要的影响。以享誉诗坛二十多年的诗歌之王皮埃尔·德·朗萨（Pierre de Ronsard）为首的著名七星诗社的成员们都坚信，模仿古典作品能够提升法国文学。诗社的二号人物杜·贝莱（Du Bellay）于1550年出版了《保卫与弘扬法兰西语言》（*Deffence et illustration de la langue françoyse*），这个充溢着《诗艺》引文的七星诗社宣言驳斥了西比莱特（Sibilet）1548年出版的一部类似作品。朗萨本人据说是第一个使用"颂诗"一词描述贺拉斯抒情诗的人。两种诗歌类型在1547年的相遇被视为法国文艺复兴诗派的开端。因此，贺拉斯从一开始便成为对法国现代作家具有实际的、重大影响力的人物。1579年，蒙多（Mondot）的完整译本问世。达希尔（Dacier）和萨纳顿（Sanadon）在18世纪早期的散文体译本乃是创新之作，在意大利激起了强烈的反对之声。法国的贺拉斯翻译者、模仿者和爱好者与其他国家的一样多。深受贺拉斯启发的伟大作家包括"法国的贺拉斯"蒙田（Montaigne）、马尔赫贝（Malherbe）、雷尼耶（Regnier）、布瓦洛（Boileau）、拉·封丹（La Fontaine）、高乃依（Corneille）、拉辛（Racine）、莫里哀（Molière）、伏尔泰（Voltaire）、让－巴蒂斯特·卢梭（Jean-Baptiste Rousseau）、勒布伦（Le Brun）、安德烈·切尼尔（André Chénier）、德·缪塞（De Musset）等等。

德　国

德国的文艺复兴运动发端于海德堡。对贺拉斯的积极研究也兴起于此，以1456年举办的关于贺拉斯的讲座为开端。1482年《书信集》首次在莱比锡印刷，1488年《长短句集》出版，1492年贺拉斯全集首次出版。大约有10个版本在1500年之前出版，其中只有1492年版和1498年版为全集版，且仅有1498年版有少量注释和格律符号表明诗歌结构，其余版本均无注解。第一个翻译贺拉斯诗歌的德国人是约翰·菲沙尔特（Johann Fischart，1550—1590），他用145组押韵双行体翻译了第二部《长短句集》。著名的西里西亚人奥皮茨（Opitz）有

第二章　穿越时光的贺拉斯

"德国诗歌之父"的美誉,他和他的追随者们对于德国的意义正如七星诗社对于法国一样。他在1624年完成的诗歌论著以贺拉斯的作品为基础,长久以来被视作经典诗论。1639年,布霍尔茨(Bucholz)出版了第一部完整的《颂诗集》德文译本。韦克赫林(Weckherlin,1548—1653)翻译了《颂诗集》的三首诗歌。莱比锡的戈特舍德(Gottsched,1700—1766)和苏黎世的布莱廷厄(Breitinge)承认贺拉斯是诗歌艺术大师,他们所在的城市聚集了众多翻译作品。冈瑟(Günther,1695—1728)是在克洛普斯托克(Klopstock,1724—1803)之前最有天赋的德国抒情诗人,他让贺拉斯成为他休闲时光中的伙伴和知己。哈格多恩(Hagedorn,1708—1754)在贺拉斯的启发下建立了自己的哲学思想,因此尊其为:"我的朋友,我的老师,我的同伴。"柏林文坛三十五年的霸主拉姆勒(Ramler)在1769年翻译出版了《颂诗集》的部分诗歌,被称为"德国的贺拉斯"。莱辛认为他在以贺拉斯献给梅塞纳斯的颂诗为范本的模仿之作中,对腓特烈大帝给予了任何君王都不曾接受过的优美赞颂。划时代的克洛普斯托克曾引用、翻译和模仿贺拉斯,并使用过贺拉斯的主题。海因斯(Heinse)热情地阅读他、书写他;普拉顿(Platen,1796—

1835）笔下全是荷马和贺拉斯，无法写出自己的风格。莱辛和赫尔德（Herder）都是贺拉斯的忠实拥趸，不过在赫尔德看来，莱辛和温克尔曼（Winckelmann）对古典文学的模仿热情毫无节制。歌德称赞贺拉斯的抒情魅力和对艺术与生活的理解力，并在创作《挽歌》时对他的格律进行了一番研究。尼采的书信中有大量贺拉斯的作品引文和习惯用语。甚至德国教会也在一些最伟大的赞美诗中显示出贺拉斯的印记，用到源自贺拉斯的阿尔凯奥斯四行体和萨福体。论及19世纪德国的编纂者、评注者和批评家，几乎就是在回顾贺拉斯与现代学校和大学的关系。德国人热忱的灵魂和勤奋的思想正在于此。

西班牙

粗略一看便会发现，西班牙对贺拉斯的现代利用亦不乏启迪意义。贺拉斯的名字，或卡图卢斯、提布卢斯和普罗佩提乌斯等古代抒情诗人的名字，在中世纪西班牙图书馆的目录中难得一见。维吉尔、卢坎、马提亚尔（Martial）、塞内加和普林尼（Pliny）的名字则常见得多。直到15世纪才开始大量出现具有贺拉斯风格，且体现其思想的作品。西班牙对贺拉斯的热衷主要通过模仿而不是翻译表达出来。西班牙的

第二章　穿越时光的贺拉斯

贺拉斯热潮的源头是15世纪上半叶桑迪亚纳侯爵（Marquis de Santillana）对《长短句集》第二首诗《致幸福》（*Beatus Ille*）的模仿之作，他是卡斯蒂里亚地区最早的两位十四行诗人之一。加西拉索（Garcilaso）也模仿《颂诗集》创作了很多诗作。贺拉斯的抒情诗似乎特别契合西班牙的精神和语言。萨拉曼卡的弗雷·路易斯·德·莱昂（Fray Luís de León, of Salamanca）是第一位真正的西班牙诗人，也是所有热爱贺拉斯的西班牙人中最有灵感的一位。他是杰出诗人翻译杰出诗人的典范。他不仅再现了这位古代诗人独具的"那种惊人的清醒、思维的敏捷、措辞的精练，那种简洁与非凡，那种艺术家精神中至高无上的平静与从容"的特点，而且给贺拉斯之琴增添了基督教神秘主义的新弦，从而将古代和现代结合在一起。梅内德斯·佩拉约（Menéndez y Pelayo）因此说："路易斯·德·莱昂是我们伟大的贺拉斯式的诗人。"洛佩·德·维加（Lope de Vega）受《书信集》影响写下了《自由颂》（*Ode to Liberty*）一诗。1605年，在巴利亚多利德出版的由佩德罗·埃斯皮诺萨（Pedro Espinosa）编撰的《西班牙杰出诗人之花》（*Flores de Poetas ilustres de Espana*）收录了十八首颂诗的译文。几乎所有18世纪的抒情诗人都把贺拉斯诗歌

111

的某些部分变成了西班牙语。萨拉曼卡、塞维利亚和阿拉贡三地分别完善了颂诗、信札诗和讽刺诗。门多萨（Mendoza）在九首信札诗中显示出贺拉斯对他的影响。1592年，路易斯·德·萨帕塔（Luís de Zapata）在里斯本出版了一本不太成功的《诗艺》的诗歌体译本。1616年，穆尔西亚的弗朗西斯科·德·卡斯卡尔（Francisco de Cascales）出版了《寓言诗》(*Fablas Poeticas*)，以对话形式表达贺拉斯同名作品的实质内容。该作品被埃斯比内尔（Espinel，1551—1624）翻译过，1684年被重译，1777年和1827年又两度被译。塞维利亚建立了贺拉斯学院。贺拉斯全集最伟大的西班牙翻译家是哈维尔·德·布尔戈斯（Javier de Burgos），他在1819年到1844年编辑出版的四卷本被梅内德斯·佩拉约称为贺拉斯完整译本中唯一具有可读性的，是"我们现代文学中最珍贵、最令人羡慕的珍宝之一"，而且，"或许也是所有新拉丁语中最优秀的贺拉斯版本"。布尔戈斯最强劲的竞争者是马丁内斯·德·拉·罗萨（Martinez de la Rosa）。西班牙最伟大的贺拉斯专家和批评家是梅内德斯·佩拉约，他是1882年版《颂诗集》的编辑，也是1885年出版的《西班牙的贺拉斯》一书的作者。

在《西班牙的贺拉斯》索引中可以找到165位贺拉斯的西班牙语译者，50位葡萄牙语译者，10位加泰罗尼亚语译者，2位阿斯图利亚语译者和1位加利西亚语译者。索引中出现了29位评论者的名字。在贺拉斯全译本中，有6个西班牙语和1个葡萄牙语版本；《颂诗集》的全译本有6个西班牙语和7个葡萄牙语版本；《讽刺诗集》有1个西班牙语和2个葡萄牙语译本；《书信集》有1个西班牙语和1个葡萄牙语译本；《诗艺》有35个西班牙亚语、11个葡萄牙语和1个加泰罗尼亚语版本。16世纪的译者通常胜在流畅和雅致，清新和率性，高度自由乃至毫无节制。18世纪的译者则在提升了准确性的同时失去了灵性。

英　国

贺拉斯对于英国和英语国家的学者有着对他国学者一样的吸引力，唯有德国可能是个例外。他对英语文学的塑造，以及他对英语国家的实际生活的影响则更为显著。

回顾英国的贺拉斯研究总要提到塔尔博特（Talbot）和巴克斯特（Baxter）的大名，然而最重要的研究者当属无与伦比的理查德·本特利（Richard Bentley）。尽管恃才放旷，他却是全世界最负盛名也最具激发力的贺拉斯评论家和评注者。本特利编撰的贺拉斯版本于1711年问世，在1717年受到理查德·约翰逊（Richard Johnson）的批驳，在1721年又受到苏格兰的亚历山大·坎宁安（Alexander Cunningham）更加雄心勃勃但同样未能如愿的诋毁。本特利把英国带入贺拉斯研究的领先行列；自从意大利在16世纪下半叶丧失其领先地位后，低地国和法国便一直占据着这一优势。1561年，兰比努斯（Lambinus）的包含正文修订和加注的版本以及由大名鼎鼎的布鲁日的克鲁基斯（Cruquius of Bruges）评注的贺拉斯版本在里昂出版，这直接表明贺拉斯研究中心转移到了北方地区。闻名遐迩的斯卡利杰（Scaliger）对贺拉斯很不友好，而另一位荷兰学者海因西斯（Heinsius）则是贺拉斯的支持者。那个把自己活成了翻译家眼里的《诗艺》的达朗贝尔（D'Alembert）于1763年在阿姆斯特丹发表了著作《论翻译的艺术性》(*Observations*)。

贺拉斯的英语译文中包括很多对其个别诗作的翻译，比如出自德莱顿（Dryden）、斯蒂芬·E. 德·维尔（Stephen E. De Vere）爵士以及约翰·科宁顿（John Conington）之手的译诗，而西奥多·马丁（Theodore Martin）的译本可能是贺拉斯在所有语言中最成功的带有完整音步形式的翻译。"每种翻译理论都在贺拉斯的某个英语译本中得以体现",此言不虚。

然而贺拉斯却是在文学领域中对英国人施加了最多也最重要的影响,甚至在莎士比亚的《泰特斯·安德罗尼克斯》(*Titus Andronicus*)中的"小拉丁语"也有他的影子:

德默特纽斯:
　　这是什么?一个卷轴,写得满满当当的一个卷轴!
　　让我们瞧瞧:
　　生命是可憎又肮脏的
　　摩尔人不需要弓与箭。
奇伦:
　　啊,这是贺拉斯的一句诗;我很清楚:
　　我很久以前就在语法书上读过。

有多少英国作家在创作时被贺拉斯的激情打动过!光是列出他们的名字就相当于对整个英国文学历程展开回顾。斯宾塞(Spenser)和本·琼森(Ben Jonson)位列前茅,他们在某种程度上对于英国文学的代表性相当于七星诗社对于法国文学,也相当于奥皮茨及其追随者对于德国文学。琼森的忠告是："把自己沉浸在古典文学中。"他的同胞谨遵其嘱托，沉浸得如此之深，以至于当今的学生可能会这样评价弥尔顿时代："17世纪英国文学和历史的大门向那些能够得心应手地使用拉丁语的人敞开着。不懂古典文学的读者或许能够理解和欣赏当时许多的作品和事件，但是他们无法领悟整个时代精神的核心与本质。诗歌、哲学、历史、传记、辩论、布道、书信，甚至对话——从弥尔顿时代流传下来的所有文学作品不是用拉丁语所写就是带有强烈的拉丁色彩；因此人们必须借助罗马才能理解17世纪的英国，正如必须通过雅典才能进入罗马一样。"

尽管拉丁语流行了好几个世纪，但直到18世纪上半叶，即英国文学最关键的时期，人们才充分认识到贺拉斯的价值所在。他在《诗艺》中论述："作为文学批评标准，获得了甚至比亚里士多德的原则更广泛的认可。艾迪生（Addison）和斯蒂尔（Steele）从《诗艺》中为其期刊选择格言，普赖尔（Prior）采用从他那时起就被命名为贺拉斯式的抒情诗形式，蒲柏（Pope）则写下令人印象深刻的系列模仿诗，这些都大大加深了人们对贺拉斯早已广泛怀有的兴趣，并使之贯穿整个18世纪。""可以说贺拉斯以三种方式渗透到了18世纪的文学中：作为政治和社会道德导师；作为诗歌艺术大师；作为一种优雅风格的权威。"理查森（Richardson）、斯特恩（Sterne）、斯莫利特（Smollett）、菲尔丁（Fielding）、盖伊（Gay）、塞缪尔·约翰逊（Samuel Johnson）、切斯特菲尔德（Chesterfield）和沃波尔（Walpole）无不熟悉并喜爱贺拉斯，并以他为师。

19世纪时，华兹华斯（Wordsworth）对维吉尔、卡图卢斯和贺拉斯都极为熟悉，但他最喜爱贺拉斯；柯勒律治（Coleridge）对贺拉斯的文学批评评价很高；拜伦（Byron）从来都不怎么喜欢贺拉斯，却经常引用他的话；雪莱（Shelley）以阅读贺拉斯作品为乐；勃朗宁（Browning）的长诗《指环与书》(*The Ring and the Book*)对贺拉斯有大量引用；萨克雷（Thackeray）"驾轻就熟地"使用《颂诗集》中的隽语；安德鲁·朗在《致已故作者》一书中称贺拉斯是最有魅力的那一个；奥斯丁·多布森（Austin Dobson）笔下许多轻快优美的诗作都得益于贺拉斯的启发。此处所列，以及前几段所列，看似人物众多，但远未穷尽所有受贺拉斯影响的文学人物。英国文学与古典作家大体上是密不可分的，而贺拉斯是其中最难割舍的。没有他，没有古典文学，英国文学遗产的很大一部分也就失去了价值。

在学校

贺拉斯在所有这些国家的中小学和大学中的地位，以及他在整个西方文明世界的地位，几乎毋庸赘言。彼特拉克去世后五百年以来，人们一直热衷教育启蒙，坚信希腊和拉丁经典对于最优质的教学必不可少，其中贺拉斯作为诗歌品位的典范和生命哲学的奠基式人物，具有突出的价值。如果说他在当代的地位不那么稳固，与其说是因为这种信念发生了转变，不如说是由于教育体系向功利主义的文理科延伸，以及教育控制权由少数人转移到普通大众手中的缘故。

第三章

活力贺拉斯:文化精英

我们以这样的方式、尽可能详尽地追溯贺拉斯的财富在时光中的穿梭,从他去世以及他以笔为之效力的帝国灭亡之时,直至今时今日。我们看到,他从来没有被真正遗忘过,也从来没有在一段很长的时期里停止对部分人群施以重要影响。

对历史事实的赘述充其量不过是一种对环境的叙述,几乎没有生命的温度。历史事件本身不过是亲密的原初力量的积蓄爆发,是身体和灵魂在实施行为之前的长期不懈的努力,其结果却常常是冷酷的。把这件事记入编年史中,或刻在纪念碑上,仅仅表明在某个时间点出现了一个重要的时刻,而导致这一时刻必然到来的种种生命激荡的强度,或许还有特性,终将被遗忘或忽略。

因此,对贺拉斯文稿的修订本、翻译本、仿写本和学术编撰本的详细列举,乍一看似乎也是冷冰冰的细节叙述。或许有些读者想起那些帮助诗人度过黑暗世纪的、为数不多的文化精英时，想起在任何时代都不多见的有教养的人士时，会难以相信贺拉斯对人类生活产生过任何真正的影响。尤其当他们想到在漫长的历史长河中，那些知道贺拉斯的人，甚至那些被他激发起热情的人，大多数都是通过学校的必修课程认识他的；还有人进一步地想到学校课堂上的做作、虚假、卑鄙、虐待和仇恨，以及最后丢下课本或以更加暴力的方式与之告别的欢喜，还有随之而来的貌似彻底的遗忘，他们便倾向于把我们对贺拉斯表达的最温和的感激视为夸大其词。

然而，怀疑是没有根据的。任何学科在一个教育体系中的出现都代表着一种真诚的，且常常虔诚的信念，即相信它应当占有一席之地。就文学学科而言，越接近纯文学，教育与谋生的联系就越不明显，信念就越强烈。文学与艺术的不朽性无疑已经被时间证明了。它们在这个世界上所获得的尊重（虽然这是一个强烈专注于生存，而对它自身的运行永远不予关注的世界）得益于少数热血人士的努力。他们满怀热情，不断抗争，不容芸芸众生彻底忘怀这世间的不完美，并令他们对此保持警醒。贺拉斯被修道院和学校保存了几百年，人们熟识他是因为他在现代教育体系中的地位，这些不是了

第三章 活力贺拉斯：文化精英

无生气的事实陈述。这代表了开明人士的高尚热情。人类进步的历史就是诸多崇高热情的历史。没有热情，文明的大厦将毁于一旦，陷入野蛮的混乱。

为了更加全面和真实地描述贺拉斯在古今的地位，我们必须在陈述过正式事实之后，以某种方式证明他在实践中的影响。对于那些幽微遥远的年代，这几乎不可能做到。而对现代这就不那么困难了，最近几百年里有大量的文学作品和传记足以印证贺拉斯独特的影响力。

我们且把这一影响力称作贺拉斯的活力。活力可以让人爆发，产生实际的或精神的行动，能启发灵感，扩展视野，滋养思想，使之焕发生机，从而使生命更加充盈。如果我们能在具体事例中看到贺拉斯如何令人更加热爱和精通艺术，或给予他们更多获得幸福的手段，从而丰富人们的生活，那么我们不仅能更好地理解诗人对于当今的意义，而且能够更好地想象他对那些生活在较远年代、生活细节较少为人所知的人们的影响。

达成这一目的的最好途径便是展示贺拉斯在下列三个方面的具体而显著的影响：其一是文学理想的形成；其二是实际的文学创作；其三是生活本身。

一 贺拉斯与文学理想

《诗艺》在文学学科中所发挥的作用最能说明贺拉斯的直接影响。这是一部文学随笔录，其灵感部分源自阅读亚历山大的文学批评，但大部分来自经验。作者在书中以他特有的方式，从一个主题过渡到另一个主题，涵盖统一性、一致性、适当性、真实性、理智和审慎等众多主题。该书的内在实质及其所处的外部环境造就了它的强大力量；它甚至时常被提升至上诉法庭，其权威性丝毫不亚于亚里士多德本人，而《诗艺》的权威性很大程度上正源于亚里士多德。

我们已经看到七星诗社在杜·贝莱和朗萨的领导下，以古典文学作为提升法国文学的手段，也看到被推崇为诗社宣言的杜·贝莱的论文充满了《诗艺》的内容。此前两年，《诗艺》也曾为杜·贝莱的对手西比莱特所用。一个世纪后，布瓦洛的《诗艺》(*L'Art Poétique*)再次显示出贺拉斯所带来的启发；无论是好或坏，法国戏剧从此被施以更加牢固的束缚，始终处在严格规则的支配之下。到布瓦洛离世之时，让-巴蒂斯特·卢梭再次复兴了七星诗社的计划。17、18世纪的奥皮茨和戈特舍德对于德国的重要性与杜·贝莱和布瓦洛对于16、17世纪的法国一样。15世纪末和16世纪初的西班牙文学

第三章 活力贺拉斯：文化精英

也受到了同样的影响。根据梅内德斯·佩拉约所说，西班牙半岛出版的《诗艺》译本至少有47个。即使在不那么容易被规则操控的英国，本·琼森和他的朋友们在某种程度上也算是另一个七星诗社。几个世纪以来，杜·贝莱的论文始终享有极高的权威性。我们翻开考尔（Cowl）的《英国诗歌理论》（*The Theory of Poetry in England*）——一本关于诗歌"从16世纪到19世纪的学说与思想"发展的批评节选集——会注意到本·琼森和华兹华斯在论及诗歌创作时提到或引用了贺拉斯；德莱顿和坦普尔（Temple）谈到规则时求助于贺拉斯和亚里士多德；赫德（Hurd）在自然和舞台的话题上引用了他；罗杰·阿什克姆（Roger Ascham）、本·琼森和德莱顿在论模仿时以他为例；德莱顿和查普曼（Chapman）称他为翻译大师和规则制定者；塞缪尔·约翰逊在同一主题上提到他；本·琼森和德莱顿援引他来说明批评的功能和原则。琼森称贺拉斯为"一位雅人深致的作家，……一位对事物的缘由有着极好的、真正的判断力的人，不是因为他自认为如此，而是因为他从使用和经验中认识到确实如此"。蒲柏在《论批评》（*Essay on Criticism*）一诗中，尤为贴切地描述了贺拉斯的批评方式及其权威的特点——极富说服力但并不专横强势。这一方式影响了英国人：

> 贺拉斯优雅而漫不经心，令我们着迷，
> 他不用什么章法，就劝说我们明理；
> 如对知己，他亲切又轻松地
> 把最真实的思想传递。

134 但是要想更好地理解《诗艺》的活力，我们还需将其中一些常见的原则进行整合。谁不曾听说过且叹服于现代戏剧对"原则"的臣服，尤其在法国——五幕剧的原则：不多也不少，只有三个演员，一切从简的原则；时间、地点和行动统一的原则；反对混合悲剧与喜剧"种类"的原则；不得强加人为结局的原则？谁不曾听说过法国剧作家创作时"一只眼睛盯着时钟"，以免违背了时间的统一性，谁不曾听说过他们把戏剧创作的喜悦比作"一场艰难却精彩的比赛"？如果说亚历山大式的批评，以及它身后的亚里士多德，最终促成了这些规则，那么贺拉斯则是后来的传播者，并被视作最终的权威。谁不曾反复听到、读到这些如今司空见惯的强制要求：人物刻画要恰当一致；要避免为求表述清晰而冗长拖

第三章　活力贺拉斯：文化精英

沓，又不能为求简洁而导致含混不清；要选择适合自己能力的题材；要尊重杰作的权威，并日夜揣摩伟大的希腊文学典范；要感受自己想要唤起的情感；要在普世的作品里打上个人天才的标记；要直接、迅捷，略去不必要之物；要忠实于生活；要把荒谬与恐怖之物隐藏在幕后；格律和措辞要得体自洽；要杜绝有关诗性疯狂的错误认识；要在理智、博识和与人交往的经验中寻找成功写作的真正源泉；要记住天分与后天努力缺一不可；要兼顾愉悦与功用；拒绝平庸；没有灵感决不写作；要听取可靠的批评意见；要将手稿锁上九年后再面世；不合理想的作品要一律推倒重来；要持续地努力；要当心友人的善意恭维？同样熟悉的还有那些传神的插图：上方的漂亮女人和下方的丑鱼；总是在他的柏树上添上一抹紫色的画家；当水罐来用的双耳瓶；树林里的海豚和水里的野猪；冗长的词语、痛苦的山脉以及滑稽可笑的老鼠的出生；还有对问题实质的穷追不舍；旧时代的赞美者；赫利孔山对理性诗人的排挤；一个自己什么也写不出来，但能激励天才的顾问；荷马的点头赞许。

　　贺拉斯规则的传播所带来的不仅是对青春少年和冲动之人的约束，也不仅限于戏剧，虽然《诗艺》主要关注戏剧。

可以说，这位罗马诗人深达人心的谆谆告诫已经渗透进文学创作的循环系统，汇入现代启蒙的血液之中，极大地影响了文学品格的生成和培养。

二 贺拉斯与文学创作

译者的理想

贺拉斯除了对文学人物的塑造有着无形而又巨大的影响之外，还在文学创作中有着明显的影响。他的灵感源于实践同时也受制于规则。在《诗艺》的推动下涌现出大量诗体和散文体的、关于文学艺术的论文，这一事实本身就证实了这一影响。虽然这些并不是仅有的例证，但或许是最明显的。抒情诗作为纯文学同样激发了创作灵感，其结果虽非丰硕，却也令人欣喜。

对于受《颂诗集》启发而作的抒情诗，还有以《诗艺》为灵感的评论文章来说，常常很难区分哪些是原创、哪些是改写或仿写之作。比方说，伯纳多·塔索的《颂歌》和乔凡尼·普拉蒂的《海吉娅之歌》虽然确属独立创作的诗歌，但其中充满了贺拉斯式的内容和精神，很难被视为原创作品。

同样，著名的《长短句集》中的《致幸福》一诗，以及《致班杜希恩泉》(*The Bandusian Spring*)、《致皮拉》(*Pyrrha*)、《致费迪蕾》(*Phidyle*)和《致克洛伊》(*Chloe*)这类颂诗，赢得了现代诗人的青睐，成为他们的灵感之源。与此不同的是，尽管蒲柏的《独孤颂》(*Solitude*)肯定受到第二部《长短句集》的启发，却无从印证。

即便是一些相当明显的仿写和改写之作，也不可能否认其原创性。吉卜林（Kipling）和格雷夫斯（Graves）的《贺拉斯第五卷》(*Fifth Book of Horace*)就是一个例子。萨克雷令人愉快的《致女仆》(*Ad Ministram*)是另一个必须归入改写之作的例子，然而它是如此清新自然，如果从中看不出灵思妙想，那才是愚蠢而不公。

致女仆

亲爱的露西，你知道我的愿望是什么——
我讨厌你所有的法式小题大做：
你那些傻乎乎的开胃小碟和大菜
原本也从来不是为我们而备。

不需要穿着蕾丝和荷叶花边的男仆

在我的扶手椅后晃来晃去；
不要费心找寻松露
尽管它那么难得一见。

但一条原味的羊腿，我的露西，
请你在三点钟准备妥当：
热气腾腾、软嫩、多汁，
还有什么更好的肉呢？
主人尽情地享用了美味，
对女仆来说这已经足够；
我还要在阴凉处抽我的粗烟草，
喝我的啤酒。

惠克夫妇（The Whichers[1]）的改写版诗歌包含着类似的精致幽默，是美国精神和技巧的典范，丝毫不亚于萨克雷的作品：

---

1 指乔治·惠克（George F. Whicher）和哈丽特·惠克（Harriet F. Whicher）夫妇，他们是中世纪诗歌翻译家和评论家。——译者

我的萨比纳农场

其他人将要赞美

一些人谈论"柳约"[1];
克利夫兰的很多人从没去过;
他们大唱特唱巴尔的摩、
芝加哥、匹兹堡和华盛顿。

另一些人主动献媚
绞尽脑汁对波士顿夸个不停——
夸那豆藤方圆几英里到处都是
夸那些让我找不着北的九曲街巷。

我不要车水马龙的聒噪,
不要城市的烟雾和磨坊的噪音;
我要康涅狄格的涓涓细流
和山坡上艳阳高照的果园

---

[1] 原文"Noo Yo'k",模仿一些人谈及New York时的地方口音。——译者

那儿,就像笼罩着夏日迷雾
直到风儿吹散愁云和悲伤。
每天过得心满意足,
哪管明天是祸是福。

年轻的生命

威廉·华兹华斯先生所作

我遇到一个罗马小女仆;
她只有16岁(她说),
啊!但她非常害怕,
低垂着谦卑的头。

你会断言,那是一只小鹿
想去依偎在妈妈身旁,
又像一片浮云,孤独地
漫游在辽阔的高山上。
小蜥蜴的每一次动弹
都会吓她一跳;

每一片沙沙作响的灌木丛里
她都听到蛰伏其中的可怕怪物。

"我不是狮子;别这样害怕;
也别去找你同样胆小的妈妈"——
但克洛伊很害怕,唉!
她哪里知道我呀:

就是稍微聪明了一点,善良了一点,
结果被误解得这么厉害。

还有奥斯丁·多布森精妙的《三重奏》(*Trilolet*),不管这首诗本身的灵感是直接来自贺拉斯,还是在诗歌完成后选择标题之时才从贺拉斯那里获得灵感,我们都必须向《诗艺》的作者表达愉快的谢意:

厄克里斯退场(URCEUS EXIT)

我打算写一首颂歌,
结果写出了一首十四行诗。

贺拉斯及其影响

> 它的开头很时髦,
>
> 我打算写一首颂歌;
>
> 但罗丝穿过了马路
>
> 戴着她最新的帽子;
>
> 我打算写一首颂歌,
>
> 结果写出了一首十四行诗。

在这位作者的《俏皮的罗拉》(*Iocosa Lyra*)一诗中,我们同样可以看到贺拉斯所给予的灵感:

俏皮的罗拉

> 我们的心上深深铭刻着
>
>   埃文河畔的伟人,
>
> 我们攀上弥尔顿缔造的
>
>   冰冷巅峰,
>
> 有时并非空气稀薄处
>
>   风光最美,
>
> 我们在山谷中渴望

追随阿波罗。

我们从高空中坠入
　　　　赫里克的世界,
或者斟上味道变淡的
　　　　兰多的希腊蜂蜜,

我们舒适阴凉的角落
　　　　是普雷德所在之处,
我们和洛克一道轻摇着
　　　　嘲弄者的铃儿。

啊,这歌曲中的美惠三女神无一
　　　　忸怩拘谨,——
我们在歌中追求甜美的缪斯女神,不墨守成规,
　　　　倒是很调皮,

歌中的诗文,仿佛风笛手在五朔节
　　　　前来演奏,——

它的韵律就像随音乐翩翩起舞者

那般欢快，——

诗歌永存于世，直到人们厌倦了

节制的快乐！

诗歌永存于世，直到人们厌倦了欢笑……

直到时间停滞！

143　　无论我们如何评价这些作品从贺拉斯这位古代诗人那里的借鉴所得，我们必须承认它们全都体现出了贺拉斯的活力。

文学创作

还有一些作品的文学性也毋庸置疑。比如安德鲁·朗写给贺拉斯的信就是一个出色的散文样本。奥斯丁·多布森则提供了一个最令人满意的诗歌范例：

致贺拉斯

"贺拉斯·弗拉库斯，公元前8年，"

这个日期是毫无疑问的，

你死去被埋葬：
如你所见，四季更迭；
卡戎穿过冥河
摆渡了许多灵魂，
人们和九位缪斯女神为你哀痛，
让你安息于埃斯奎利诺山上。

那已是数百年以前了！
我明白，你会认为我们已经学得足够
来完善自身，
自从你上次踏上神圣之路，
绕过致命的恐惧
遭遇无趣的克里斯皮努斯；
或者，在寒冷的利琴扎旁，布下
冬日捕鸟的网。

我们的时代如此先进！
轰动的故事，经典的舞台，
宽敞的别墅！

我们拥有高雅艺术，皇家阿尔伯特音乐厅，
澳大利亚肉食，还有称呼父辈为
大猩猩的人类！
你看，我们有成千上万的事物
不曾被你的哲学所梦及。

然而，好奇怪啊！今日我们的"世界"，
放在天平上，还重不过你的
罗马密友；
走在公园里面——你不难见到
锡巴里斯人，凭栏伫立
在吕底亚的小马驹旁，
或碰上几个野汉，戴着假发发呆
盯着某个毫无戒心的女仆。

看呀！伟大的伽吉利乌斯
他古老的"长弓"狩猎传说
如今不再精彩；
美丽的尼奥布儿！这里的希伯鲁斯人，

第三章 活力贺拉斯：文化精英

——难道不是个个都来自奥尔德肖特？
啊哈，你脸红了！
小心点。老女巫卡尼迪亚坐在那里，
她肯定要把你撕碎。

看哪，亲爱的梅塞纳斯过来了，
暴躁、勇敢又善良，他一半藏在
特伦西娅的裙子后面；
皮拉来了，一头随意的"金发"；
普瑞格·达玛西普仍在传道；
阿斯忒瑞亚打情骂俏——
当然，容光焕发。我们会惹她生气——
问问她，巨吉斯的船什么时候归来。

其他人也莫不如此。谁会看出
新面孔后的老面孔
一张张清晰可辨；
科学继续前进，人类停滞不前；
我们今天的"世界"不管更好或更糟——

139

> 与你，贺拉斯的世界
>
> （差不多）一样有文化！唯独你，
>
> 无与伦比、无法企及，出乎我们所料。

我们不仅要关注相对独立的文学创作，而且要看到贺拉斯的活力在其作品的翻译活动中也发挥着作用。他所拥有的译者比古往今来任何一位诗人都要多，这本身就证明了他具有极大的感召力，而更有力的证据则在于他的译者千差万别，各具特色，且成果斐然。受到贺拉斯精神激荡的译者中既有众多杰出的文学家，还有许多达官要人，他们的成功都可以证明贺拉斯乃是真正的灵感之源。顶级的翻译不仅仅是技艺，更是创作，用罗斯康姆（Roscommon）的话来说，

> 的确，写作更加崇高，
>
> 但好的翻译绝非易事。

西奥多·马丁对《颂诗集》第一部第二十一首的《致一坛酒》（*To a Jar of Wine*）的翻译便是一例佳作，前文已经引用过一部分；另外，斯蒂芬·E. 德·维尔爵士对《颂诗集》

第三章　活力贺拉斯：文化精英

第一部第二十一首的《致阿波罗》(*Prayer to Apollo*)的翻译也非常成功，在前文有关诗人的宗教态度的部分被引用过；同样文笔精当的还有科宁顿对《颂诗集》第三部第二十六首《致维纳斯》(*Vixi puellis*)的仿写，这是首充满活力的十二行诗：

不久前，我为了姑娘们把一切安排妥当　　147
我很晚才适应女士的爱情，
我的战争大获全胜；
如今我把我的武器，竖琴，来丢弃，
将其束之高阁。
这里，维纳斯从海上升起，
终于卸下重担，
撂下铁链、撬棍和大炮，
扬言要打开所有胆敢紧锁的大门。
哦，女神！塞浦路斯是你的领地，
还有远离色雷斯白雪的孟菲斯：
高举你的鞭子，请给我，
傲慢的克洛伊痛击一鞭！

以这样的方式翻译的人无疑是名副其实的诗人。

我们可以更进一步,称贺拉斯已经成为翻译艺术中的活力,因为这一力量不仅涉及他本人的诗歌,还关系到作为普遍艺术的翻译活动。没有哪位诗人带来如此多的难点,也没有哪位诗人在身后留下这么长一列失望的有志之士。"贺拉斯永远都是不可译的那一类。"弗雷德里克·哈里森(Frederic Harrison)说。弥尔顿尝试用无韵的音步翻译颂诗《皮拉》,却因此失去了贺拉斯轻快诙谐的灵气。弥尔顿是正确、优雅、克制和纯洁的,但也是沉重和冷漠的。在弥尔顿版的《皮拉》中,精致的妙语已经荡然无存:

> 哪位苗条的年轻人,浑身沾染着露珠,
> 在某个宜人的山洞中,用玫瑰花向你求爱,
> 皮拉?你为谁
> 把金发编成花环,
> 质朴而整洁?啊,他总会抱怨
> 善变的天神,终将见识
> 飓风下的汹涌大海,
> 和突如其来的狂风暴雨!

142

现在他喜欢你信他无疑,视你如无瑕美玉,
他总有空闲,总是和蔼体贴
希望你对他的甜蜜攻势
毫无戒备。他们已无可救药,
你在他们眼里涉世未深,单纯可爱。我在我发过誓的
图画里,神圣的墙宣告已经悬挂了
献给严厉海神的
我沉重的湿淋淋的水草。

且让我们尽力避免弥尔顿那迟缓的节奏和过度的清醒。即使少些简洁和矜持,也要传达出贺拉斯式的轻快:

哪位浑身散发香气的年轻人在向你大献殷勤,
皮拉,在撒满玫瑰的阴凉之地
在爱情甜美的嬉戏中缠绵?
那个看似单纯的结
你为谁用尽朴实的技法
扎进你那金色发束?

149

贺拉斯及其影响

傻小子！他会多少次恸哭，
因为神的善变！多少次，当暗黑的波浪
在深渊上汹涌，
他会看到被暴风雨击碎的船体！
他还不习惯丘比特突变的神意，
不知道什么样的磨难就要降临！

但现在他的喜乐全在你这里；
他把你的心看作最纯的金子；
期盼你永远真心爱他，
永远，永远不会变心。
夏日海上可怜的水手，
没人告诉他那看似和暖的微风其实很可怕。

啊，女妖召唤而来的可怜虫
她将你迷惑，让你堕入苦海！
对我来说——那块在海王墙上的匾额
显示我已忍受了水手的痛苦。
湿漉漉的衣裳也已挂在那里：
从今往后，我要躲开那诱人的蓝色。

第三章 活力贺拉斯：文化精英

几百年来，为了战胜贺拉斯翻译中遇到的种种困难，完全有可能发展出我们目前严苛的翻译标准。这个标准过于苛求，使得翻译目标无法实现。由于强调不可能以诗歌形式准确地翻译诗歌内容，学者们对翻译理论的讨论一开始就陷入绝望之中，接着从绝望走向科学和非审美的原则，即把所有文学形式都翻译为精确的散文。因此，17世纪的法国人达朗贝尔和意大利人萨尔维尼（Salvini）之间的争端在20世纪重新开启，并以截然不同的方式得以解决，其结果便是人们更赞同达朗贝尔及其对原文精神实质的忠实，而不是萨尔维尼对原文字面意思的忠实。

到目前为止，我们谈到的是贺拉斯的活力在文学创作中的明显成效。贺拉斯影响的痕迹在仿写、改写、翻译、引用或实际创作中清晰可见，然而我们不应该被它带来的满足感误导。贺拉斯的影响在树立个人文学理想方面，以及将文学作为有机体进行品格塑造方面，其效果虽不那么明显，却具有更大的价值。假如供给营养的面包和肉食进入人体后还保持原样，那可不是身体健康的标志。食物的价值在于同化吸收后转化为体力。尽管我们对明显在贺拉斯影响下创作的作品满怀敬意和感激，但我们对其表面性必须有所认识，毕竟与之相比，精炼的克制表达以及内容的健康向上是对贺拉斯更大的忠实。我们翻阅不同现代语种的《牛津诗选》(*Oxford Selections of Verse*)时，会发现明显带有贺拉斯影响的例子寥寥无几，但这并不是件坏事。虽然要具备诗人兼学者的犀利眼光和敏锐心灵才能找出更隐形的影响，但没有这些特质的读者仍然可以相信它的存在。歌德把贺拉斯描述为一位"伟大、耀眼、高尚的诗人，他充满爱心，用诗歌的力量激荡我们，提升我们，鼓舞我们"；西班牙的梅内德斯·佩拉约用"思想清醒、节奏明快，毫无造作的粉饰，下笔极其谨慎，且行文简洁"来界定贺拉斯式的抒情诗（无论是基督教还是异教的诗歌），并将这一理想高举为现代抒情诗需要努力的方向。由于在所有的国家或所有的时代，诗坛和评论界的领袖无一不表达出类似的敬爱和推崇，人们很难会质疑贺拉斯对文学传统的实质性影响，无论其外在痕迹多么微小。

三 活在人们生活中的贺拉斯

贺拉斯的活力在文学中的表现就先谈到这里吧，让我们来思考一下他对人类生活的直接影响。

第三章 活力贺拉斯：文化精英

诗人的活力首先表现在以纯粹的喜悦去激荡心灵。如果这不是诗歌最强大、最终极的功效，它终归也是首要的和本质的。如果不能予人快乐，任何艺术都不会真正成为人类的财富和传递善良的工具。事实上，有很多被译得最多也最好的《颂诗集》既不以道德说教为目的，也没有发挥一般意义上的道德功效。《致皮拉》、《白雪覆盖的索拉克特山》（Soracte Covered with Snow）、《及时行乐》（Carpe Diem）、《对格吕克拉的爱》（To Glycera）、《一生无过》（Integer Vitae）、《致克洛伊》（To Chloe）、《贺拉斯与莉迪亚》（Horace and Lydia）、《致班杜希恩泉》、《致弗努斯》（Faunus）、《致旧酒壶》（To an Old Wine-Jar）、《爱的终结》（The End of Love）和《上帝祝福他》（Beatus Ille）都只是那种让人瞬间感觉轻松、纯净的精神游戏。《讽刺诗集》中的《孔》（The Bore）和《布伦迪休姆之旅》（Journey to Brundisium）两诗以及《书信集》中的许多诗作都属于这一类。

但人们对这些轻如空气的琐碎事物却永远心怀感激，因为他们不假思索地相信，正是因为它们，生命才有了实质内容，生命的韧性才得以提升和巩固。我们可以把这个大家熟知的功效称为"再度创造"。有哪位贺拉斯的热爱者的内心不曾被诗歌《致班杜希恩泉》那简洁而精致的艺术净化和振作?这首诗中由68个拉丁语词所组成的4个诗节乃是生动、优雅、纯洁和克制的最高典范:

> 啊,晶莹透亮的班杜希恩泉,
> 你比得上醇酒
> 我把鲜花献给你纯洁的深邃:
> 明日之子将属于你。

> 充满欲求纷争的日子快到了,
> 出发的号角开始闪耀;
> 徒劳!他的血很快就会
> 染红你清澈冰冷的溪流。
> 天狼星虽在炙热燃烧之际
> 它的热也绝对改变不了你的池水;
> 你把清凉明澈的水给那
> 流浪的羊群和犁地的牛儿。

> 你也一样,我会把你放在传说中,

歌唱那峭壁之上的橡树，
在中空的岩石之上，
你的潺潺溪流腾跃而出。

或者有谁在读到诗歌《致克洛伊》时，不会因为它那洋溢其中的山间的气息和幽暗森林的孤独感，以及它对羞怯而迷人的少女的巧妙暗示而活得更充实呢？

你躲着我，克洛伊，狂野又害羞
犹如迷途小鹿，穿过无迹可寻的树林
追寻母亲。春风若是叹息，
想要消除它的恐惧，只是白费力气——

膝盖哆嗦颤抖
听到蜥蜴在干枯的荆棘里跳个不停——
你躲着我，克洛伊，狂野又害羞
就像追寻母亲的迷途小鹿。

我可不是利比亚狮——

>也不是互相撕咬的猛兽；
>不要流泪，不必颤抖——
>丈夫比兄弟更胜一筹；
>不要躲着我，克洛伊，狂野又害羞
>就像追寻母亲的迷途小鹿。

但有人要求诗歌的实用性要大过娱乐性。在他们看来，艺术的终极目标是促人进步而非令人愉悦，或者至少是二者兼有。实际上，贺拉斯本人也倾向于这一观点。他说："通过取悦和提升读者从而兼顾实用和乐趣的人，将赢得所有人的赞许。"

让我们来找一些更具体的事例，看看贺拉斯其人如何依然活在人们的品格之中，正如诗人贺拉斯如何依旧存在于文学的特质中。

为了更好地理解这一点，我们必须回到贺拉斯的个人品质这个主题上来。我们已经看到，没有任何一位诗人能像贺拉斯那样让人如此充分地感受到人与人之间的连接。他的抒情诗以及《书信集》和《讽刺诗集》，几乎全都是写给现实生活中的人。诗人与之交谈的形象跃然纸上，读者只需稍加

第三章 活力贺拉斯：文化精英

想象就会有这样的感觉：这些诗歌正是写给我们自己。我们仿佛能直接感受到所有这些组成贺拉斯品质的特点：他的善意、诚信及好心肠；深厚而坚定的友情，对于勇敢行为的热切崇拜，纯洁的心灵，以及坚定的目标；他对丑恶的包容，对人对事的愉悦之情，对简单真诚之物的热爱；对人性弱点的仁慈，以及温和的讽刺心态；他意识到自己也应当受到他给予他人的善意指责；他对幸福源泉的清晰洞察，他平静的默许，以及他那几乎要爆发却永远不会爆发出笑声的难以捉摸的幽默。我们像老朋友一样被他信任。他描述他自己和他的行事方式，和我们分享他怎样看待自己，以及怎样笑看这个熙熙攘攘、自欺欺人的世界。他让我们与他一道参与对生活的批评，从而巧妙地安慰我们。在文学领域，没有人比他更具有个人魅力了。

他不仅很有个性，而且很真诚、毫无保留。若非如此，与他相熟便不会令人愉快。我们遇见的是真正的贺拉斯——不是一个站在文学舞台上穿着厚底靴、披着披肩、戴着面具的人。贺拉斯举起镜子对着自己，更确切地说，不是对着他本人，而是对着他的本性。他个性的方方面面都显现了出来：既是艺术家又是常人；既是形式主义者又是怀疑论者；既是旁观者又是批评家；既是上流社会的绅士又是收藏家的儿子；既是拥有五处房产的地主又是宫廷诗人；既是严厉的道德家又是偶尔的纵欲者；既是四处漂泊的浪子又是因循守旧之人。他的表达独立且随性自由。他既不为显赫的官爵职位所累，也不因家世或友伴蒙羞。他的哲学不是经院造就，因而他从不担心它前后不一。他的宗教无须遵从教义，他甚至懒得费神去定义它。政治方面，他的职责也变成了他的渴望。他会接受皇帝和大臣们的恩惠，前提是它们不会损害他的自由和幸福。假如他们收回了馈赠，他也不会不知所措，因为即便没有这些东西他也过得很好。他从不隐瞒，从不装腔作势，不找任何借口，不自寻烦恼，凡事毫无保留。在所有文学作品中，极少有如此自然而又完整的自我表达。贺拉斯给我们留下了他的灵魂肖像，比他本人的画像更加完美。这是一幅光影兼备的、真实的肖像画。

从另一个构成贺拉斯性格魅力的因素，率真，可以推出一个结论：正是他的坦诚直率证明了他有一颗开放善良的心。真要把他称作讽刺家，就必须给出他对讽刺的定义："微笑着道出真相。"至少在他较为成熟的作品中，没有一丝苦涩的痕迹。他故意大笑，而且他的笑行之有效，但他并没有冷嘲热讽。理智的判断和丰富的经验告诉他,人类的弱点于他自己和其他人都在所难免,不会因为痛斥责骂这么轻飘飘的方式而发生改变。他认为,既然他自己身上的弱点没有造成严重后果,那么在其他人身上也就可以得到原谅而无大碍。

德国诗人哈格多恩正是因为贺拉斯身上这种亲密温暖的品质而称他为"朋友、老师和同伴"。他在乡间散步时带着贺拉斯一道,仿佛他还活着一般:

> 贺拉斯,我的朋友,我的老师,我的同伴,
> 我们去乡下吧。天气如此晴朗;

这种品质使得尼采把《讽刺诗集》和《书信集》的氛围比作"如温暖冬日般亲切";使得华兹华斯着迷于他对"友谊价值"的欣赏;使得安德鲁·朗给他写出了最个性化的文学信件;使得奥斯丁·多布森将个人交谈的形式应用于他的贺拉斯式的诗歌之中;使得无数学生、学者以及走出了校园、沉浸在生活的牵挂中的人们在闲暇时光携带着贺拉斯。很早之前,当人们对真正的贺拉斯还记忆犹新之时,古罗马诗人佩尔西乌斯说:"他弹奏的是心弦。"

如果我们转而认真考虑贺拉斯身上那些被现代读者所忽视的品质，我们会更深地折服于他的个人魅力。他不是基督教诗人，而是一位异教徒。在他的作品中，几乎找不到对永生和上帝的信仰，找不到忏悔和救赎以及人道主义感伤。有时候，他的表达太过自由不羁，那些在情感或智识上对他缺乏认同感的评论者可能会指责他过于平庸。

然而这些瑕疵只是表象罢了，对于那些与贺拉斯心灵相通的人来说从来都不是障碍。他的作品中饱含对人类的同情。他在品位上的失误并不多见，而且过错和惩罚双重权衡，他那些失误可没有今天欧洲文学中的失误那么犯忌。他并非平庸，而是普世皆适。对于当下以及他所在的时代，他书中所写皆为司空见惯之事。那些令人愉快的自然场景既不新颖浪漫，也不生硬牵强；我们已经在日常经验和文学作品中一遍又一遍目睹过，对它们因熟悉而倍感亲切。费迪蕾既不是古人也不是现代人，既不是拉丁人也不是日耳曼人，但她同时又是所有这些人的集合。贺拉斯写给维吉尔或塞普蒂米乌斯的颂诗中关于友谊的美妙表达，适用于任何时代、任何民族或任何人。他笔下城镇老鼠和乡下老鼠的故事永远那么古老又那么新鲜，永远真实可信。这个故事和贺拉斯其他所有故事可以说都是"*Mutato nomine de te*"[1]——仅易其名，即为己事。这些普世的故事有着永久的魅力。

达夫（Duff）写道："虽然没有持久的鼓动性，没有深刻的思想，也没有激昂的歌唱，他还是穿透了所有人的心……他的秘诀在于头脑清醒而不是心血来潮。他和善且敏锐地观察生活的方方面面，从中撷取一些小插曲，予以评判，以此唤醒人们永恒的兴趣。*Non omnis moriar*（永远不会死去）[2]——他始终鲜活，是因为他有人性。"

对于激进的人道主义者以及基督徒而言，贺拉斯的人生哲学或许并不完美，但其自身实际是圆满且完美的。贺拉斯不恼不怒，他没有病态也没有令人不快的忧郁。诚然，"他对人类共同经验的温文尔雅的表述，既不亢奋也不绝望，更能引起成熟的中年人的共鸣"，但其实对年轻人也同样具有吸引力。贺拉斯对于生存态度的总结，可以轻易地被任何国家或时代的人理解，而且人们总会在生命中的某个时刻对它产

---

1 此句完整原文为 *Mutato nomine de te fabula narratur*，引自贺拉斯《讽刺诗集》第一卷第一首，直译为"只是换了个名字，说的正是阁下的事"。——译者
2 原文引自贺拉斯的诗歌，直译为"不会完全死去"。——译者

生认同。不管人们是否信奉他的人生哲学,不管他们是否付诸实践,它无时无处不在散发着魅力。它之所以吸引人,是因为它建立在对人类悲欢离合的共同宿命有着清晰且富有同情心的洞察之上;是因为它的坦诚直率和阳刚无畏;最重要的是因为它的目标。只要追求内心平静是人类渴求的伟大目标,那么承认这个目标的哲学就不会缺乏追随者。基督教固然不愿意整体接纳贺拉斯的哲学,但其哲学与基督教教义中的"至善"(*summum bonum*)以及其他很多劝诫却是完全和谐一致的。给贺拉斯哲学加上基督教信仰,或者给基督教信仰加上贺拉斯哲学中与其一致的部分,两者都会互相增益。

现在,我们能更好地欣赏贺拉斯这个人的活力。我们可以看到它在培养友好的情感、在加深对世间可喜之处的热爱、在鼓励正义的目标、在对生命价值做出真实判断等方面发挥着作用。

贺拉斯是歌颂友谊的诗人。他写下的"维吉尔,我灵魂的一半",他称普洛修斯、瓦里乌斯和维吉尔是世上最纯洁无瑕的灵魂,他在《书信集》和《颂诗集》中深情的表达,都令读者燃起对其朋友的挚爱之情。"在我头脑清醒之时,没有什么比得上朋友带来的快乐!"多少人的心被贺拉斯献给塞

第三章 活力贺拉斯：文化精英

普蒂米乌斯的无与伦比的颂歌激起了更加深厚的爱：

> 塞普蒂米乌斯，愿同我一道历险远征
> 去往不受罗马掌控的
> 加德斯和坎塔布连，去经受摩尔的风浪
> 飞沙走石；
>
> 美丽的提布尔，阿尔盖夫国王之城，
> 愿我在那儿止步，安享平静，
> 远离海上奔波和无尽苦旅，
> 远离俗务烦忧。
>
> 倘若愤怒的命运之神使那些愿望落空，
> 那就让我去寻觅甜美的加莱苏河，
> 那儿有毛厚的绵羊和肥沃的土地，
> 斯巴达人所在之地。
>
> 啊，什么能与那绿荫深处比美
> 何处的蜂蜜不对希布拉山蜂蜜甘拜下风？

何处的橄榄能与维纳夫鲁姆的田地所产

一争高下?

那儿,拜朱庇特所赐,

春日悠长,暖冬和煦,

奥隆,被丰饶的酒神青睐有加,

它才不会眼红法勒恩的欢乐。

那儿,那些快乐的高地期待着

我们留下;在那里,当生命结束时,

你的眼泪将打湿我那余温尚存的火葬堆,

你的诗人和朋友。

多少人把这同一首颂诗中著名的诗句牢记心间:

全世界只有那一隅的土地最让我

神往——[1]

---

1 译文引自贺拉斯:《贺拉斯诗全集:拉中对照详注本》上册,李永毅译注,中国青年出版社,2017年,第115页。——译者

第三章　活力贺拉斯：文化精英

多少人借用这完美的词句表达了他们对自己在这世上的钟情之地所怀抱的爱意。圣勃夫（Sainte-Beuve）在他的版本的书页空白处写道："快乐的贺拉斯！他是多么有幸之人！为什么呢？因为他曾在几首动人的诗歌中表达过他对乡村生活的喜爱，还描述过世上他最喜爱的角落。那些自娱自乐和为了赠友而写的诗行，已经深深印刻在人们记忆中；扎根之深，以至于人们想要赞美那份珍爱的宁静时，除了这些诗句再也想不到别的。"

至于更严正的美德，人们在贺拉斯那精妙不朽的词句中为正义和忠贞找到了何等的灵感之源！"科尼利厄斯·德·威特（Cornelius de Witt）面对凶残的暴徒之时；孔多塞（Condorcet）临死前在肮脏牢房的草堆上；赫里克（Herrick）在千里之外古老的不列颠庆典上；教皇利奥（Leo）在梵蒂冈度过生命最后的几天时，以及其他不可胜数的人"，都反复诵读《论正义》(Iustum et tenacem) 来加强他们的决心：

> 灵魂坚定而高尚的人
> 无论是内讧的喧嚣，
> 还是凶狠暴君的怒眉

都不能动摇他正义的目标……

啊，朱庇特的赤色右臂

从上空猛掷闪电，

将他的威猛一一展示，

坚定之人目睹此景，面不改色，不为所动：

行将消亡的世界燃起烈焰

在混乱中再次翻滚，

在巨大狂乱的废墟中狂掷，

定要点燃他光荣的火葬堆：

而他，岿然不动，在大地的废墟上微笑。

斯坦普林格记载了这段诗文的31个仿写版。多少人的爱国热情曾被诗句"为国捐躯甜美而光荣"所激励。这首诗出现在现代罗马的多加利纪念碑上，是非常贴切的。有多少人身处灾难和悲伤之时，从诗人对昆蒂利乌斯之死的不朽安慰之词中获得支持和慰藉：

啊，多么艰难！但坚忍让人

坚强忍受上天的安排。

沃伦·黑斯廷斯（Warren Hastings）的座右铭是"*Mens aequa in arduis*"——逆境中的从容平和。幽默地使用这些词句甚至也可以起到作用。那位被迫离职的法国部长把《美德加身》（*Virtute me involvo*）改成适合他的情形时，无疑从中得到了巨大的安慰：

> 我用美德长袍把自己包裹严实，
> 我得到安慰，为失去的一切；
> 但是啊！我明白我已经发现了
> 一身轻装究竟意味着什么！

但贺拉斯活力最显著的影响却是它让人们明白，何为理性且诚实的生活。生活看起来很简单，可是许多人错过了幸福的道路，徘徊在痛苦的不满之中，因为他们没有培养出辨别真伪的能力。我们看到了贺拉斯的启示：幸福不是来自外在，而是发自内心；不是富足造就财富，而是态度；接受获取与拥有的世俗标准意味着奴隶的生活；分母相除比分子相乘更能增加分数数值；比起陈列于世的最值得争夺的奖品，那些不能买卖的财富才是更好的财产。对于那些曾经瞥见了这些简单易懂却鲜为人知的生活奥秘的人，没有哪一位诗人像贺拉斯那样充满灵感。因为他，20世纪的人们可以减少对得之不易的物质的依赖，却生活得更加充实幸福。当然，给年轻人提供这样一个理性获取幸福生活的鲜活榜样，就是为了让个人生活和社会大众的生活拥有更多活力和乐趣。

结　语

我们已经目睹了贺拉斯其人并与他熟识。从他的性格和他所生活的时代特征中，我们已经看到了他作为伟大诗人的活水源头。在他身上，我们看到了他对自己时代的解读，以及对所有时代人类心灵的解读。我们追溯了他作为一个常人和一位诗人在岁月中留下的影响轨迹。在他身上，我们不仅看到他对生命的解读，还看到一种活力，它造就了对于人、正义和更幸福的生活的热爱。在他身上，我们看到了道成肉身的范例。泰瑞尔（Tyrrell）写道："他在但丁、蒙田、波舒哀（Bossuet）、拉·封丹、伏尔泰、胡克（Hooker）、切斯特菲尔德、吉本（Gibbon）、华兹华斯、萨克雷这些迥然不同的知识分子之间建立了联盟的纽带。"

认识贺拉斯，就是进入到两千年的大交融之中——品位的交融，仁爱的交融，理智和仁智的交融，真诚的交融，正义的交融，文雅和友爱的交融。

"别了，亲爱的贺拉斯；别了，你这睿智善良的异教徒；所有人中最有人情味的，我的朋友的朋友，一代一代人的朋友。"

注释及参考文献

以下几组参考文献并不是常规意义上的注释，其中一部分是贺拉斯的诗作，以供读者通过直接阅读原文来加深对诗人的了解（本文作者的许多结论也受到了这些诗歌的启发），另一部分则供读者详细了解贺拉斯的影响。

贺拉斯其人：
《颂诗集》 I. 27; 38; II. 3; 7; III. 8; IV. 11
《讽刺诗集》 I. 6; 9; II. 6
《书信集》 I. 7; 10; 20
苏埃托尼乌斯，《贺拉斯生平》（完整著作信息详见下文）

诗人贺拉斯：
《颂诗集》 I. 1; 3; 6; 12; 24; 35; II. 7; 16; III. 1; 21; 29; IV. 2; 3; 4
《讽刺诗集》 I. 4; 6
《书信集》 I. 3; 20; II. 2

时代解读者贺拉斯：

风景；《颂诗集》 I. 4; 31; II. 3; 6; 14; 15; III. 1; 13; 18; 23

　　　《书信集》 I. 12; 14

生活；《颂诗集》 I. 1; III. 1; 2; 4; 6; IV. 5;《长短句集》 2

　　　《讽刺诗集》 I. 1; II. 6

　　　《书信集》 I. 7; 10

宗教；《颂诗集》 I. 4; 10; 21; 30; 31; 34; III. 3; 13; 16; 18; 22; 23; IV. 5; 6;

　　　《长短句集》 2

民间智慧；《书信集》 I. 1; 4; II. 2

生活哲学家贺拉斯：

观察家兼散文家；《讽刺诗集》 I. 4; II. 1

空幻的欲望；

　《颂诗集》 I. 4; 24; 28; II. 13; 14; 16; 18; III. 1; 16; 24; 29; IV. 7

　《讽刺诗集》 I. 4; 6

　《书信集》 I. 1

现世的快乐；

　《颂诗集》 I. 9; 11; 24; II. 3; 14; III. 8; 23; 29; IV. 12

　《书信集》 I. 4

生活与道德；

　《颂诗集》 I. 5; 18; 19; 27; III. 6; 21; IV. 13

　《书信集》 I. 2; II. 1

生活与目标；

《颂诗集》 I. 12; II. 2; 15; III. 2; 3; IV. 9;《长短句集》 2

《讽刺诗集》 I. 1

《书信集》 I. 1

幸福之源：

《颂诗集》 I. 31; II. 2; 16; 18; III. 16; IV. 9

《讽刺诗集》 I. 1; 6; II. 6

《书信集》 I. 1; 2; 6; 10; 11; 12; 14; 16

预言家贺拉斯：

《颂诗集》 II. 20; III. 1; 4; 30; IV. 2; 3

贺拉斯与古罗马：

《颂诗集》 IV. 3

《书信集》 I. 20

Suetonius, *Vita Horati, Life of Horace*, Translation, J. C. Rolfe, in *The Loeb Classical Library*, New York, 1914.

Hertz, Martin, *Analecta ad carminum Horatianorum Historiam*, i-v. Breslau, 1876−1882.

Schanz, Martin, *Geschichte der Römischen Litteratur*. München, 1911.

贺拉斯与中世纪：

Manitius, Maximilian, *Analekten zur Geschichte des Horaz im Mittelalter, bis 1300*. Göttingen, 1893.

贺拉斯与现代：

意大利：Curcio, Gaetano Gustavo, *Q. Orazio Flacco, studiato in Italia dal secolo XIII al XVIII*. Catania, 1913.

法国与德国：Imelmann, J., *Donec gratus eram tibi, Nachdichtungen und Nachklänge aus drei Jahrhunderten*. Berlin, 1899.

Stemplinger, Eduard, *Das Fortleben der Horazischen Lyrik seit der Renaissance*. Leipzig, 1906.

西班牙：Menéndez y Pelayo, D. Marcelino, *Horacio en España*, 2 vols. Madrid, 1885.

英国：Goad, Caroline, *Horace in the English Literature of the Eighteenth Century*. New Haven, 1918.

Myers, Weldon T., *The Relations of Latin and English as Living Languages in England during the Age of Milton*. Dayton, Virginia, 1913.

Nitchie, Elizabeth, "Horace and Thackeray," in *The Classical Journal*, XIII. 393-410 (1918).

Shorey, Paul, and Laing, Gordon J., *Horace: Odes and Epodes* (Revised Edition). Boston, 1910.

Thayer, Mary R., *The Influence of Horace on the Chief English Poets of the Nineteenth Century*. New Haven, 1916.

活力贺拉斯：

《诗艺》

Cowl, R. P., *The Theory of Poetry in England; its development in doctrines and ideas from the sixteenth century to the nineteenth century*. London, 1914.

Dobson, Henry Austin, *Collected Poems*, Vol. I, 135, 181, 219, 222, 224, 231, 236, 245, 263; II. 66, 83, 243, etc. London, 1899.

Gladstone, W. E., *The Odes of Horace*, English Verse Translation. New York, 1901.

Kipling, Rudyard, et Graves, C. L., *Q. Horati Flacci Carminum Liber Quintus*. New Haven, 1920.

Lang, Andrew, *Letters to Dead Authors*. New York, 1893.

Martin, Sir Theodore, *The Odes of Horace*; translated into English verse. London, 1861.

Untermeyer, Louis, "—*and Other Poets*." New York, 1916.

Whicher, G. M. and G. F., *On the Tibur Road, a Freshman's Horace*. Princeton, 1912.

已参考书目除以上外，还包括：

CAMPAUX, A., *Des raisons de la popularité d'Horace en France*. Paris, 1895.

D'ALTON, J. F., *Horace and His Age*. London, 1917.

STEMPLINGER, EDUARD, *Horaz im Urteil der Jahrhunderte*. Leipzig, 1921.

TAYLOR, HENRY OSBORN, *The Classical Heritage of the Middle Ages*. New York, 1903.

The Century Horace.

文中还提及并引用了以下两部著作：

DUFF, J. WIGHT, *A Literary History of Rome*. London, 1910. (p. 545)

TYRRELL, R. Y., *Latin Poetry*. Boston, (lecture delivered at The Johns Hopkins University, 1893). (p. 164)

注：贺拉斯作品的翻译除了另外说明或用引号括出之外，均由格兰特·肖沃曼完成。

"二十世纪人文译丛"出版书目

《希腊精神:一部文明史》　　　〔英〕阿诺德·汤因比　著　乔戈　译
《十字军史》　　　〔英〕乔纳森·赖利-史密斯　著　欧阳敏　译
《欧洲历史地理》　〔英〕诺曼·庞兹　著　王大学　秦瑞芳　屈伯文　译
《希腊艺术导论》　　　〔英〕简·爱伦·哈里森　著　马百亮　译
《国民经济、国民经济学及其方法》
　　　　　　　　　〔德〕古斯塔夫·冯·施穆勒　著　黎岗　译
《古希腊贸易与政治》　〔德〕约翰内斯·哈斯布鲁克　著　陈思伟　译
《欧洲思想的危机(1680—1715)》　〔法〕保罗·阿扎尔　著　方颂华　译
《犹太人与世界文明》　　　〔英〕塞西尔·罗斯　著　艾仁贵　译
《独立宣言:一种全球史》　　　〔美〕大卫·阿米蒂奇　著　孙岳　译
《文明与气候》　　　〔美〕埃尔斯沃思·亨廷顿　著　吴俊范　译
《亚述:从帝国的崛起到尼尼微的沦陷》
　　　　　　　　　〔俄〕泽内达·A.拉戈津　著　吴晓真　译
《致命的伴侣:微生物如何塑造人类历史》
　　　　　　　　　〔英〕多萝西·H.克劳福德　著　艾仁贵　译
《希腊前的哲学:古代巴比伦对真理的追求》
　　　　　　　　　〔美〕马克·范·德·米罗普　著　刘昌玉　译

《欧洲城镇史：400—2000年》

〔英〕彼得·克拉克 著 宋一然 郑昱 李陶 戴梦 译

《欧洲现代史（1878—1919）：欧洲各国在第一次世界大战前的交涉》

〔英〕乔治·皮博迪·古奇 著 吴莉苇 译

《古代美索不达米亚城市》 〔美〕马克·范·德·米罗普 著 李红燕 译

《图像环球之旅》 〔德〕沃尔夫冈·乌尔里希 著 史良 译

《古代波斯：阿契美尼德帝国简史（公元前550—前330年）》

〔美〕马特·沃特斯 著 吴玥 译

《古代埃及史》 〔英〕乔治·罗林森 著 王炎强 译

《酒神颂、悲剧和喜剧》

〔英〕阿瑟·皮卡德-坎布里奇 著

〔英〕T. B. L. 韦伯斯特 修订 周靖波 译

《诗与人格：传统中国的阅读、注解与诠释》〔美〕方泽林 著 赵四方 译

《商队城市》 〔美〕M. 罗斯托夫采夫 著 马百亮 译

《希腊人的崛起》 〔英〕迈克尔·格兰特 著 刘峰 译

《历史著作史》 〔美〕哈里·埃尔默·巴恩斯 著 魏凤莲 译

《贺拉斯及其影响》 〔美〕格兰特·肖沃曼 著 陈红 郑昭梅 译

《人类思想发展史：关于古代近东思辨思想的讨论》

〔荷兰〕亨利·法兰克弗特、H. A. 法兰克弗特 等 著 郭丹彤 译

《意大利文艺复兴简史》 〔英〕J. A. 西蒙兹 著 潘乐英 译

《人类史的三个轴心时代：道德、物质、精神》

〔美〕约翰·托尔佩 著 孙岳 译

《欧洲外交史：1451—1789》　　　　〔英〕R. B. 莫瓦特　著　陈克艰　译
《中世纪的思维：思想情感发展史》
　　　　〔美〕亨利·奥斯本·泰勒　著　赵立行　周光发　译
《西方古典历史地图集》
　　　　〔英〕理查德·J. A. 塔尔伯特　编　庞纬　王世明　张朵朵　译
《中世纪与文艺复兴时期的佛罗伦萨》
　　　　〔美〕费迪南德·谢维尔　著　陈勇　译
《乌尔：月神之城》　　　　〔英〕哈丽特·克劳福德　著　李雪晴　译
《塔西佗》　　　　　　　　〔英〕罗纳德·塞姆　著　吕厚量　译
《哲学的艺术：欧洲文艺复兴后期至启蒙运动早期的视觉思维》
　　　　〔美〕苏珊娜·伯杰　著　梅义征　译
《宗教与西方文化的兴起》　〔英〕克里斯托弗·道森　著　长川某　译
《永恒的当下：艺术的开端》〔瑞士〕西格弗里德·吉迪恩　著　金春岚　译
《罗马不列颠》　　　　　　〔英〕柯林武德　著　张作成　译
《历史哲学指南：关于历史与历史编纂学的哲学思考》
　　　　〔美〕艾维尔泽·塔克　主编　余伟　译
《罗马艺术史》　　　　　　〔美〕斯蒂文·塔克　著　熊莹　译
《中世纪的世界：公元1100—1350年的欧洲》
　　　　〔奥〕费德里希·希尔　著　晏可佳　姚蓓琴　译
《人类的过去：世界史前史与人类社会的发展》
　　　　〔英〕克里斯·斯卡瑞　主编　陈淳　张萌　赵阳　王鉴兰　译
《意大利文学史》　　　　　〔意〕弗朗切斯科·德·桑科蒂斯　著　魏怡　译

"二十世纪人文译丛·文明史"系列出版书目

《大地与人：一部全球史》
　　〔美〕理查德·W.布利特 等 著　刘文明　邢 科　田汝英 译

《西方文明史》　　　　　〔美〕朱迪斯·科芬 等 著　杨 军 译

《西方的形成：民族与文化》　〔美〕林·亨特 等 著　陈 恒 等 译

图书在版编目（CIP）数据

贺拉斯及其影响 /（美）格兰特·肖沃曼著；陈红，郑昭梅译. — 北京：商务印书馆，2023
（二十世纪人文译丛）
ISBN 978-7-100-22261-7

Ⅰ.①贺… Ⅱ.①格…②陈…③郑… Ⅲ.①贺拉斯—文学研究 Ⅳ.①I545.062

中国国家版本馆 CIP 数据核字（2023）第085224号

权利保留，侵权必究。

贺 拉 斯 及 其 影 响

〔美〕格兰特·肖沃曼 著
陈 红 郑昭梅 译

商 务 印 书 馆 出 版
（北京王府井大街36号 邮政编码100710）
商 务 印 书 馆 发 行
山东临沂新华印刷物流
集团有限责任公司印刷
ISBN 978-7-100-22261-7

2023年8月第1版	开本 787×1092 1/32
2023年8月第1次印刷	印张 5⅞

定价：46.00元